수상한 학교,
평등을 팝니다

수상한 학교, 평등을 팝니다

청소년 인권 성장소설 십대들의 힐링캠프, 인권(공평)

[십대들의 힐링캠프®] 시리즈 **NO.23**

지은이 | 박기복
발행인 | 김경아

2020년 5월 27일 1판 1쇄 발행
2022년 5월 18일 1판 2쇄 발행 (총 3,000권 발행)

이 책을 만든 사람들
책임 기획 | 김경아
기획 | 김효정
북 디자인 | KHJ북디자인
교정 교열 | 좋은글
경영 지원 | 홍종남
표지 삽화 | 정지란
제목 | 구산책이름연구소

이 책을 함께 만든 사람들
종이 | 제이피씨 정동수·정충엽
제작 및 인쇄 | 천일문화사 유재상

펴낸곳 | 행복한나무
출판등록 | 2007년 3월 7일. 제 2007-5호
주소 | 경기도 남양주시 도농로 34, 301동 301호(다산동, 플루리움)
전화 | 02) 322-3856 팩스 | 02) 322-3857
홈페이지 | www.ihappytree.com
도서 문의(출판사 e-mail) | e21chope@daum.net
내용 문의(지은이 e-mail) | yesreading@gmail.com
※ 이 책을 읽다가 궁금한 점이 있을 때는 지은이 e-mail을 이용해 주세요.

ⓒ 박기복, 2020
ISBN 979-11-88758-20-3
"행복한나무" 도서번호 : 121

수상한 학교, 평등을 팝니다

| 박기복 지음 |

행복한
나무

청소년 인권 성장소설 시리즈를 펴내며

"불공평해요."

"공정하지 않아요."

청소년들이 선생님에 대한 불평을 늘어놓을 때면 빠지지 않고 뒤따라오는 말입니다. 이런 말을 들어 보면 평등, 공평, 공정은 어른 사회뿐 아니라 청소년들 사이에서도 중요한 가치관으로 자리잡았다는 걸 보여 줍니다. 인권과 관련한 말이 청소년 사이에서 늘었다는 것은 그만큼 청소년들의 인권 의식이 높아졌다는 의미로 보입니다. 그런데 청소년들의 인권 의식이 높아졌다면 혐오 현상은 줄어들어야 마땅한데, 이상하게도 학생들 사이에서는 남을 깔보고 편견이 가득 담긴 언어와 행위가 줄어들기는커녕 더 넘쳐납니다. 인권 의식을 담은 말은 넘쳐나는데 차별 행위도 증가하는 기묘한 현상이 청소년들 사이에서 벌어지고 있습니다. 물론 이는 청소년 사회뿐 아니라 어른 사회에서도 마찬가지입니다. 도대체 왜 이런 모순된 상황이 벌어지는 걸까요?

〈10대들의 힐링캠프 : 청소년 인권 성장소설 시리즈〉는 이 질문에 대한 답을 찾기 위한 박기복 작가의 고민에서 탄생했습니다. 〈청소년 인권 성장소설 시리즈〉는 평등, 혐오, 자유, 나눔, 난민이라는 다섯 가지 인권 의식을 다룹니다. 실제 청소년들이 현실에서 겪는 사건과 생각들을 바탕으로 다섯 가지 인권 의식에 담긴 참뜻이 무엇인지 함께 고민할 기회를 제공합니다.

　결론부터 이야기하면 박기복 작가는 〈청소년 인권 성장소설 시리즈〉를 통해 인권 의식 확산과 차별 의식 증가라는 모순이 벌어지는 원인을 '나(또는 내가 속한 집단으로서 우리)에 대한 인권 의식'과 '타인(또는 타인이 속한 집단으로서 타자)에 대한 인권 의식' 사이의 괴리 때문이라고 밝힙니다. 쉽게 말하면 내 인권은 소중하나 다른 사람 인권은 그렇지 않다는 것입니다. 나와 타인의 권리에 대한 인식의 괴리는 다섯 편 시리즈 전체를 관통하며 생생한 이야기로 전개됩니다.

　〈10대들의 힐링캠프 : 청소년 인권 성장소설 시리즈〉는 총 5권입니다. 1권은 수행평가를 둘러싼 불만을 바탕으로 '평등'의 진정한 의미를 고민하고, 2권은 유튜브와 인정 욕구가 맞물려서 벌어지는 사건을 바탕으로 '혐오'를 다루며, 3권은 학생자치법정을 무대로 자치와 책임의 의미를 '자유'의 영역에서 탐색하며, 4권은 연민과 동정이 아니라 연대와 정의라는 '나눔'의 참뜻을 함께 나누고, 5권은 어려움에 처한 이웃을 대하는 태도로서 '난민' 이야기를 풀어냅니다. 각 소설은 독립된 이야기면서 동시에 서로 이어진 이야기이기도 합니다.

　〈10대들의 힐링캠프 : 청소년 인권 성장소설 시리즈〉를 통해 청소년들이 참된 인권은 내가 누리는 권리이면서 동시에 책임이라는 점을 배우기 바랍니다. 이 시리즈가 우리 사회의 인권 의식을 한 단계 성숙하게 하는 밑거름이 되고, 청소년들의 인권과 행복한 삶에 한 줌이라도 보탬이 되기를 소망합니다.

행복한나무 대표 김경아

차 례

• 늘품중학교 2학년 2반 학생들

이태경 _ 학교 급식 때문에 늘품중학교와 자연과학부를 택할 만큼 자기 취향이 확고하다.

권우현 _ 이태경과 절친으로 컴퓨터과학부 소속이며 인권 의식이 뛰어나다.

임현석 _ 이선혜를 빼고 거의 모든 여성을 싫어하는 여성 혐오주의자다.

원동찬 _ 엉뚱한 행동과 말을 많이 하고, 모두가 당연하다고 여기는 것에 의문을 품는다.

김기주 _ 몸이 안 좋아서 학교 생활을 힘겨워한다.

조영호 _ 평소에 의욕이 없고 자신감이 부족하여 잘 나서지 않는다.

안재성 _ 자기 뜻대로 막무가내로 행동하는 기질이 강하다.

박준형 _ 운동선수 못지않게 운동을 잘한다.

> [참고] 이 소설은 '10대들의 힐링캠프' 시리즈 전작 소설 『수상한 과학실, 빵을 탐하다』와 배경 설정이 동일합니다.

여학생

박채원 _ 자연과학부 소속으로 수행평가 방식에 불만이 많다.

이예나 _ 성격이 활발하고 신체 능력이 뛰어나며 승부욕이 남다르다.

이선혜 _ 여성 혐오주의자인 임현석도 인정할 만큼 성격이 착하다.

강정아 _ 임현석과 상극. 남자를 싫어하고 스스로 페미니스트라 자처한다.

최유빈 _ 공부 시간이든 쉬는 시간이든 늘 그림을 그린다.

유정린 _ 2학년 2반에서 가장 공부를 잘하는 학생이다.

신보라 _ 약한 척하면서 자기 이익은 뒤로 챙겨서 많은 애들이 싫어한다.

송현지 _ 꿈이 안무가여서 춤을 잘 추고 체조도 아주 잘한다.

임나은 _ 컴퓨터과학부 소속으로 박채원, 이예나와 절친이다.

● 늘품중학교 선생님들

박시우 _ 국어 선생님이자 2학년 2반 담임 선생님

최미경 _ 30대 초반으로 활동과 참여 수업을 강조하는 사회 선생님

김정현 _ 시험과 실전이 최고라고 믿는 새로 온 젊은 체육 선생님

송윤정 _ 이태경, 박채원이 속한 자연과학부를 이끄는 선생님

김경희 _ 늘품중학교 급식을 책임지는 영양사 선생님

이명재 _ 권우현, 임나은이 속한 컴퓨터과학부를 이끄는 선생님

오렌지 나무속에 들어 있는 햇빛을 오렌지들은 어떻게 나눌까?

『질문의 책』 (파블로 네루다)

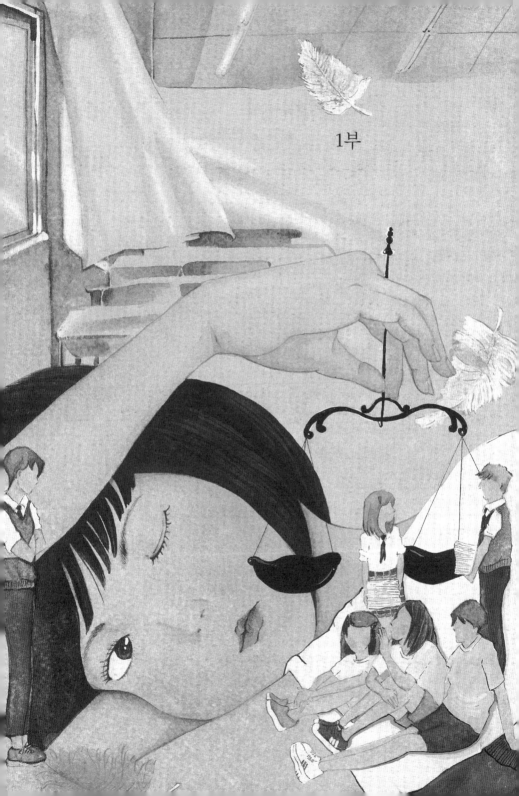

1부

평가는 불공평하고 나는 억울하다

박채원 ● 늘품중학교 2학년 여학생

"나…… 난… 잘 못해."

조영호는 또다시 더듬거리며 머뭇거렸다. 시간 내에 과제를 빨리해야 하는데 작은 역할도 해내지 못했다.

"이 대목만 대충 옮겨 적으면 된다니까."

애써 차분한 척하며 다시 부탁했지만 조영호는 입을 꾹 다문 채 손끝 하나 움직일 의지를 보이지 않았다. 어쩔 수 없이 내가 해야만 했다.

"안재성! 너는 왜 맡은 거 안 하고 딴짓만 하는데?"

안재성은 옆 모둠에 앉은 친구와 몰래 장난을 치느라 나에게 눈도 돌리지 않았다. 맡은 과제가 어렵지도 않았다. 그냥 소설 속 인물들 이름, 연령, 성별, 직업 등을 간략하게 적으면 되는 과제였다. 소설에 등장하는 주요인물은 겨우 세 명뿐이라 일부러 안재성에게 시켰는데 그

수상한 학교, 평등을 팝니다

것도 안 하다니…….

"야, 안재성!"

수업 중이라 크게 소리칠 수는 없었지만 단호하게 불렀다.

"왜?"

그제야 안재성이 나를 힐끔 쳐다봤다.

"안 할 거야?"

"응."

"수행평가잖아."

"하기 싫어."

"점수 안 나오면…….”

"그러거나 말거나. 난 관심 없어."

"야!"

내 소리가 너무 컸다. 몇몇 애들이 나를 보고 심지어 선생님까지 나를 보는 듯했다. 부아가 치밀었지만 집어삼켰다. 다른 길이 없었다. 또 다시 내가 해야만 했다. 시간은 없고 안재성은 수행평가에 참여할 의지를 파리 똥만큼도 보이지 않으니 어쩔 수 없었다.

"아, 머리 아파!"

그나마 자기가 맡은 과제를 하던 신보라가 갑자기 손으로 이마를 매만지더니 필기구를 내려놓고 옆으로 드러누웠다.

"넌 또 뭐 하는 거야? 빨리해야지?"

"머리가 아픈데 어쩌라고."

신보라가 짜증을 냈다.

"시간도 얼마 안 남았어."

"내가 싫어서 안 하니? 머리가 아프니 그렇지."

그러고는 신보라는 눈을 감아 버렸다. 멀쩡히 잘하다가 왜 저러는지 모르겠다. 신보라가 정리해 놓은 과제물을 봤다. 절반쯤 해 놓은 듯했다. 그나마 절반이라도 해 놓아서 다행이라고 해야 할까? 나는 신보라가 정리한 종이를 내 앞으로 가져왔다. 시간은 없고 혼자 다 하려니 무척 힘들었다. 시간 내에 혼자 다 하기에는 벅찬 분량이었다. 그렇지만 나는 해야만 했다. 조영호는 할 줄 몰랐고, 안재성은 놀기 바쁘고, 신보라는 아픈 척하며 내게 떠넘기는 상황에서 내가 포기하면 수행평가 점수가 엉망이 된다. 이번 수업 내에 끝내야 해서 다른 묘수를 짜내기도 어려웠다.

빠르게 쓰면서도 깔끔하게 써야만 했기에 여간 힘들지 않았다. 손에 힘을 잔뜩 주고 글을 빠른 속도로 계속 쓰다 보니 나중에는 손이 저릿저릿했다. 아픔을 달래려 필기구를 내려놓고 오른손을 흔든 다음 왼손으로 오른손을 주물렀다. 그러면서 같은 모둠인 애들을 보니 나도 모르게 한숨이 나왔다. 조영호는 여전히 입을 꾹 다문 채 명청하게 앉아 있고, 안재성은 낄낄거리며 장난을 치고, 신보라는 책상에 엎드린 채 내 눈치를 살피다가 나와 눈이 마주치자 괜히 인상을 찌푸리며 아픈 척했다. 쓸모없는 인간들⋯⋯.

시간을 봤다. 겨우 4분밖에 안 남았다. 나는 다시 필기구를 들었다.

제대로 쓰는지 확인할 틈도 없이 손이 가는 대로 거침없이 써 내려갔다.

"2분 남았다. 이제 마무리해."

선생님이 교탁 앞에 서며 말했다.

마지막 몇 문장만 쓰면 되는데 손에서 다시 저릿한 감각이 전해졌다. 손을 푼 뒤에 써야 했지만 그럴 여유가 없었다. 나는 마지막 힘을 쥐어짜 내어 이를 악물고 나머지 문장을 뽑아냈다.

"시간 다 됐다."

선생님 말에 맞춰 신보라가 머리를 일으켜 세웠고, 안재성은 장난을 멈추고 제자리로 돌아왔고, 조영호는 같은 자세로 가만히 있었다.

"이제 제출해!"

이 모둠 저 모둠에서 한 사람씩 일어났다. 나는 과제를 제출하기 위해 일어나려다 오른손에서 전해지는 저릿함에 잠깐 멈칫했다. 오른손이 생각보다 많이 아팠다. 오른손을 쥐었다 폈다 몇 번 했다. 그러자 저릿함이 가시며 감각이 정상으로 되돌아왔다. 그때 갑자기 신보라가 벌떡 일어서며 내 앞에 놓인 과제물을 확 잡아챘다.

"내가 내고 올게."

신보라는 전혀 아파 보이지 않았다. 신보라 머리는 과제를 할 때는 아프고 과제가 끝나면 금방 낫는 신기한 능력을 발휘했다. 신보라가 과제를 제출하러 나간 사이에 나는 고생한 오른손을 왼손으로 더 정성스럽게 주물러 주었다. 그나마 신보라가 과제를 제출하는 역할이라도 해 주니 다행이라고 생각하려는 찰나 어처구니없는 말이 신보라 입에서 나왔다.

"남자애들이 협조를 안 해서 힘들었어요."

목소리도 엄청 고생한 사람처럼 꾸며 냈다.

어쩌면 저렇게 뻔뻔스런 말을 아무렇지 않게 내뱉을까? 고생은 내가 다 했는데……. 더구나 저렇게 말하면 협동심 점수가 깎일 수도 있는데……. 고생은 고생대로 다 하고 신보라가 선생님께 잘 보이려고 내뱉은 말 때문에 점수가 깎일지도 모른다는 생각이 드니 열이 뻗쳤다. 나를 골탕 먹이려는 걸까? 신보라가 앞과 뒤가 다른 애라는 건 알았지만, 내가 당하고 보니 속이 뒤집어질 지경이었다. 나도 모르게 구토가 나려고 했다.

선생님은 우리 모둠을 힐끔 보더니 고개를 끄덕이고는 신보라가 내미는 과제물을 받아든 다음 종이 몇 장을 신보라에게 건넸다. 신보라가 모둠으로 돌아올 때 나는 내 안에 담긴 경멸이라는 경멸은 모조리 끌어모아 신보라를 노려보았다. 신보라는 경멸하는 내 눈빛과 마주쳤음에도 빙그레 웃기만 했다. 신보라는 자리에 앉자 선생님에게 받은 종이를 나에게 건넸다. 종이에 큰 글씨로 쓰인 '동료평가'란 낱말에 속으로 쾌재를 불렀다. 모조리 나쁜 점수를 줘 버리겠다고 결심했다. 이름 칸에 안재성, 조영호, 신보라를 쓰고 낮은 점수 쪽에 표시를 하려다 멈칫했다. 안재성, 조영호, 신보라가 나를 보고 있었다. 아니 내 손을 쳐다보고 있었다. 내가 어떤 점수를 주는지 보고 있었다. 내가 낮은 점수를 주면 어떻게 될까? 내가 낮은 점수를 주면 저들은 내가 한 노력

따위는 아랑곳 않고 나에게 낮은 점수를 줄 게 뻔했다. 양심이 조금이라도 있다면, 부끄러움이 손톱만큼이라도 있다면 그러지 않겠지만, 신보라가 조금 전에 보여 준 뻔뻔함에서 알 수 있듯이 저들은 양심이나 부끄러움이 없다.

내가 점수를 잘 받으려면 아무것도 안 한 저들에게 높은 점수를 줘야만 했다. 그것도 최고 점수를⋯⋯. 나는 가지 않으려고 발버둥치는 오른손을 억지로 높은 점수 쪽으로 움직여서 최고 점수에 표시했다. 아무것도 안 한 조영호도 5점, 대충하고 아픈 척 한 신보라도 5점, 수행 과제를 하는 내내 친구와 장난을 친 안재성도 5점이었다. 내가 모두 5점을 주는 걸 본 조영호, 안재성, 신보라는 그제야 내게 5점을 주었다. 모두 공평하게 5점을 서로에게 주었다. 겉으로 보기에는 공평한 점수였지만 결코 공평하지 않은 점수였다. 내 노력은 점수에 반영되지 않았다.

억울했지만 내가 어떻게 해 볼 방법이 없었다. 자유학년제인 1학년 때도 수행평가를 할 때면 가끔 이런 일이 벌어졌지만 그리 억울하지는 않았다. 어차피 성적에 들어가지도 않으니 부담도 없었다. 중학교 2학년부터는 수행이 성적에 많이 반영되고, 내게는 성적이 중요하다. 나는 수행을 어느 누구보다 잘하고 싶다. 오직 수행평가를 잘하기 위해 글쓰기 학원도 1년 넘게 다녔다. 나에게는 더할 나위 없이 중요하고 열심히 준비한 수행평가인데, 양심 없는 애들 때문에 중학교 2학년에 올라와서 한 첫 수행평가가 더러운 기분으로 얼룩지고 말았다.

더러운 기분으로 첫 수행평가를 마친 뒤 나는 걱정이 앞섰다. 개인 수행평가야 상관이 없지만 앞으로 수없이 많은 수행평가를 모둠으로 할 텐데 그때마다 이런 일이 생길지도 모른다는 염려 때문이었다. 짜증나게도 내 걱정은 기우가 아니라 현실이 되고 말았다. 특히 사회 수업 수행평가는 말 그대로 끔찍했다.

사회 과목을 담당하는 최미경 선생님은 늘품중학교에 새로 왔는데 젊고 의욕이 넘쳤다. 첫날부터 밝고 활기찬 웃음으로 수업에 활기를 불어넣었다. 첫 수업은 더할 나위 없이 좋았다. 1학년 사회 선생님 수업은 졸음을 쫓기 위해 사투를 벌여야 할 만큼 지루하고 재미가 없었다. 안 그래도 사회는 별로 안 좋아하는데 수업까지 지루하니 무척 견디기 힘들었다. 한 해 동안 고통받던 사회 수업이 즐거운 시간으로 바뀌니 아주 행복했다. 첫 수업이 끝날 때쯤 최미경 선생님은 앞으로 활동형 수업, 참여형 수업을 많이 하겠다고 선언했다. 1학년 내내 지루하게 앉아서 듣기만 하던 사회 수업을 겪었던 터라 활동과 참여라는 말이 무척 반가웠다.

첫 수업이 좋았기에 둘째 수업도 설레는 마음으로 기다렸다. 과학이 아닌 다른 수업을 설레는 마음으로 기다리기는 처음이었다. 이런 내가 나도 신기했다. 역시 선생님이 좋으면 좋아하는 과목이 되고 선생님이 싫으면 싫어하는 과목이 된다는 말이 맞는 듯했다. 둘째 수업도 첫 수업과 마찬가지로 처음에는 아주 즐거웠다. 최미경 선생님은 맑은 기운으로 수업을 채웠고, 교실에는 활기가 넘쳤다. 맨날 자는 애들조차 깨어서 수업에 참여할 정도였다. 그러나 모둠 활동에 들어가자 내 기분은 진흙탕에 처박혀 망가진 휴대전화 꼴이 되고 말았다.

　사회 첫 모둠 활동에서 나는 모둠을 이끄는 모둠장이 되었다. 모둠원은 안재성, 이선혜, 원동찬이었다. 안재성과 또 같은 모둠이 되니 처음부터 불길했다. 이선혜는 착하기로 아주 유명하다. 외모는 별로인데 워낙 착해서 툭하면 여자를 비하하는 임현석 같은 망나니도 이선혜는 인정해 줄 정도다. 다들 이선혜를 좋게 보지만 나는 별로 호감이 가지 않는다. 지나치게 착해서 늘 손해만 보는데, 그 까닭을 모르겠다. 자기 이익만 챙겨도 문제지만 자기 이익을 아예 안 챙기는 자세도 그리 좋아 보이지는 않는다. 원동찬은 어떤지 전혀 모른다. 안재성처럼만 굴지 않으면 다행이라고 생각했다.
　첫 수행 과제는 그리 어렵시 않았다. 우리가 사는 동네를 그리는 과제였다. 큼지막한 종이를 모둠원들 중앙에 두고 각자 우리 동네에서 중요하다고 생각하는 것들을 그리는데, 과제를 다 할 때까지 침묵해야만 했다.
　"그림이 조화를 이뤄야 해. 혼자 잘 그리려고 하지 말고 서로 잘 어울리도록 해 봐."
　참 재미있는 과제였다. 침묵 속에서 어떻게 조화와 협업을 하는지가 관건이었다. 이런 수행은 처음이었기에 결과가 어떨지 무척 궁금했다.

그러나 차올랐던 기대는 그림을 그려 나가면서 점점 일그러졌다. 또다시 안재성은 아무것도 하지 않았다. 말은 하면 안 된다는 규칙 때문에 안재성을 매섭게 째려봤다. 안재성은 나와 눈이 마주쳤지만 아랑곳 안 했다. 그나마 침묵하라는 규칙 때문에 다른 애들과 장난치고 떠들지 않으니 예전에 같이 수행평가를 했을 때보다는 덜 거슬렸다. 그래도 두고 볼 수는 없었다. 넷이 힘을 합쳐 빠르게 채워야 하는데 한 사람이 안 하면 그만큼 다른 사람들이 고생해야 하기 때문이다. 안재성이 또다시 수행에서 무임승차하는 꼴은 보기 싫었다. 나는 안재성 옆구리를 찔렀다. 안재성은 반응이 없었다. 내 쪽을 쳐다보지도 않았다. 무슨 애가 감각도 없는 듯했다.

그때 이선혜가 내 어깨를 살살 두드렸다. 그러고는 입술로 '놔둬' 하더니, '내가 더 할게' 하면서 자신을 가리켰다. 천사가 따로 없었다. 이선혜가 그리 나오니 괜히 나만 나쁜 애처럼 느껴져서 찝찝했다. 이선혜는 안재성 몫까지 열심히 그렸다. 그림 솜씨가 빼어나지는 않았지만 나름 귀엽게 잘 그렸다. 나는 이선혜 그림을 살피면서 조화를 이루는 방향으로 내 그림을 그려 나갔다. 그러다 원동찬이 그리는 모습을 보고는 어이없어서 한숨이 나왔다.

원동찬은 큰 종이 귀퉁이에 초록 펜으로 풀 한 포기를 열심히 그렸다. 풀 그림은 아주 뛰어났다. 세세하게 관찰하지 않은 사람은 절대 그리지 못하는 그림이었다. 바로 앞에서 살아 있는 풀을 보는 듯했다. 미술 수업이거나 과학 수업이었다면 대단하다고 감탄할 만했다. 그러나 사회 수업에는 더구나 우리 동네에서 중요한 것들을 그리는 과제에는 어울리지 않았다. 물론 우리가 사는 동네에서 풀 한 포기가 중요하다는 판단은 존중한다. 그렇지만 풀 한 포기에 과도하게 정성을 쏟느라 나머지 공간을 텅 비게 놔두면 그 공간은 나와 이선혜가 다 채워야 한다. 차라리 안재성처럼 무책임하게 아무것도 안 하면 비난이라도 하는데, 나름 열심히 과제를 하는 원동찬이기에 그저 한숨밖에 나오지 않았다. 어쩔 수 없이 나와 이선혜가 힘들게 종이를 다 채웠다. 결과물을 놓고 보니 풀이 지나치게 튀었다. 나머지 그림과 전혀 어울리지 않았다. 선생님이 어울리게 그리라고 강조했기에 걱정이 앞섰다. 다행히 점수에는 지장이 없었다. 점수는 넷이 똑같이 받았다. 고생은 이선혜와 내가 다 했는데 말이다. 겨우 풀 한 포기만 그린 원동찬이나 내내 딴짓한 안재성이 힘들게 과제를 수행한 나와 똑같은 점수를 받다니……

다음 사회 수업에서도 또다시 넷이 같은 모둠이 되어 수행을 했다. 지난 수업에서 작업한 우리 동네 그림을 바탕으로 동네를 소개하는 글을 써야 하는 과제였기에 같은 사람끼리 모둠을 다시 할 수밖에 없었다. 역시 내가 모둠을 이끄는 모둠장이었다. 소개하는 글을 어떻게 할지 의논을 하려는데 안재성은 필기구도 꺼내지 않았다.

"야, 안재성! 넌 안 할 거야?"

"난 그리지도 않았는데, 뭘 어쩌라고."

"그래도 같이 해야지. 모둠 활동인데."

"너희들끼리 다 그렸잖아."

자기는 그리려고 했는데 우리가 자기를 따돌렸다는 인상을 심어 주는 말이었다. 하라고 해도 안 했으면서 어떻게 저렇게 뻔뻔한지 모르겠다.

"네가 안 했잖아."

내 목소리가 커졌다.

"거기 지금 다투는 거니?"

최미경 선생님이었다.

"아뇨. 의논 중이에요."

이선혜가 다급하게 선생님께 웃음을 지어 보이며 나를 툭툭 쳤다. 나는 끓어오르는 속을 다독이며 더는 안재성을 나무라지 않았다. 내가 내버려두니 안재성은 열심히 딴짓을 했다. 그나마 시끄럽게 떠들거나 과제를 방해하지 않아서 다행이었다.

무엇을 쓸지 의논하는데 이선혜는 내 의견을 그대로 따르려고만 했고, 원동찬은 풀 한 포기밖에 그리지 않았기에 낼 의견이 없었다. 결국 내 생각대로 끌고 갈 수밖에 없었고, 또다시 내가 많은 글을 써야만 했다. 그나마 이선혜가 성실하게 참여해서 부담이 조금 덜어졌다. 원동찬은 입을 꾹 다문 채 가만히 앉아 나와 이선혜가 하는 걸 보기만 했다.

나와 이선혜가 상의를 하며 열심히 글을 쓰는데 딴짓을 하던 안재성이 갑자기 엎드렸다. 떠드는 것보다야 자는 게 낫다고 생각해 내버려두었다. 그러다 교탁에 선 최미경 선생님이 우리 모둠 쪽을 주시하는 느낌을 받았다. 나는 최미경 선생님 시선을 확인하고는 선생님이 안 보이게 안재성 옆구리를 찔렀다.

"뭐야? 씨~."

안재성이 짜증을 냈다.

"선생님이 보시잖아."

"보든 말든."

"태도 점수 깎여."

"깎이든지 말든지."

"나는 깎이기 싫단 말이야."

"나는 점수 낮게 받아도 돼."

안재성은 의자를 뒤로 더 빼고는 몸을 책상에 더 밀착시켰다.

그때 서늘한 기운이 느껴졌다. 아무래도 선생님이 가까이 다가오는 듯했다. 눈치채지 못한 척하며 더 열심히 과제를 했다. 최미경 선생님이 우리 모둠 옆으로 다가왔다. 그리고는 우리 모둠을 한참 동안 들여다보았다. 글씨를 끄적거리는 소리도 들렸다.

"모둠 학습은 결과보다 과정이야. 그러니 협동이 중요해."

최미경 선생님이 활동형 수업을 강조하며 했던 말이 떠올랐다. 한 사람은 엎드려 자고, 한 사람은 멍하니 앉아서 쳐다보기만 하니 협동 점수를 제대로 받기는 글렀다는 걱정이 들었다. 결국 내 걱정은 현실이 되었다. 우리 모둠은 협동 점수가 깎였고, 내 수행 점수는 B가 되고 말았다. 억울함을 참을 수 없었다.

수업이 끝나자마자 최미경 선생님께 찾아갔다. 그러고는 사정을 말씀드렸다. 그런데 돌아오는 답변은 황당하기 그지없었다.

"그것도 리더십 부족이야."

선생님 답변에 일순간 머리가 멍해졌다. 침묵 속에서 그림을 그리게 해 놓고 참여 안 하는 안재성을 도대체 무슨 수로 참여시키게 만든다는 말인가? 점수가 깎이든지 말든지 상관없다는 안재성을 어떻게 모둠 과제에 참여하게 만들 수 있을까? 선생님이 나와 같은 처지라면 어떻게 할까? 점수 주는 방식도 말이 안 된다. 아무리 모둠이지만 수행에 기여하는 정도가 다 다른데 왜 모둠 점수로 모두를 평가한단 말인가? 제 역할을 하지 않은 모둠원은 감점을 시키고 더 열심히 한 모둠원은 점수를 더 줘야 하지 않는가? 아무 것도 안 하고 무임승차하는 모둠원을 그대로 두면 누가 열심히 하려고 하겠는가?

묻고 따지고 싶은 질문이 부글부글 끓어올랐다. 그렇지만 선생님 답변에 하도 어처구니없어서 말문이 닫힌 사이 선생님은 나를 둔 채 빠른 걸음으로 사라져 버렸다. 힘차게 걸어가는 최미경 선생님 머리 위로 활동과 참여라는 낱말이 어른거렸다. 활동과 참여, 참 좋은 말이다. 협동심이란 말도 참 좋다. 기대도 컸다. 자연과학부에서 하듯이 신나고 즐거울 줄 알았다. 안타깝게도 내 기대는 착각이었다. 최미경 선생님이 의도하는 수업 취지는 좋은지 모르지만 평가는 불공평하고, 나는 억울하기만 했다.

같은 높이 다른 점수, 나는 억울하다

이태경 ● 늘품중학교 2학년 남학생

　오동통하게 튀어나온 배가 살짝 출렁거렸다. 배에서 만들어진 출렁임이 위아래로 번지며 균형을 흐트러뜨리고 추진력을 방해했다. 출렁임을 막으려고 배에 힘을 주었다. 출렁임은 잦아들었지만 힘이 나뉘면서 추진력도 줄어들었다. 출렁임을 모두 막으려면 다리에 보내는 힘이 줄어들고, 다리에 힘을 많이 보내면 출렁거리는 배 때문에 추진력에 문제가 생겼다. 어떤 선택을 하든 문제가 생기는 딜레마 상황이었다. 문제를 완전히 없앨 수는 없었다. 출렁임을 적절하게 통제하면서 추신력을 최대치로 내는 균형점을 찾아야 했다. 자연과학부에서 활동하며 갈고닦은 탐구 능력을 발휘하기 좋은 기회였다. 여러 번 실험을 진행한다면 적절한 균형점을 찾기는 어렵지 않을 것이다. 실험으로 최적 값을 찾아내면 내 몸은 최대치로 높이 튀어오를 것이다. 그러나 안타깝게도 실험을 거듭할 기회가 내게는 없었다. 나는 모험을 하는 수밖에 없었다. 배에 적당하게 힘을 주었다. 출렁임이 추진력을 방해하지 않을 정도가 되기를 바라며 앞으로 뛰어나갔다.

높이 솟은 가로대가 보였다. 새로 부임한 김정현 체육 선생님이 시범을 보여 준 높이뛰기 동작을 떠올렸다. 선생님은 부드러운 곡선을 그리며 가로대 앞까지 달려와 등을 가로대로 향하게 한 뒤에 몸을 포물선처럼 휘어지게 만들어 우아하게 가로대를 넘었다. 나로서는 흉내조차 내지 못할 동작이었다. 뱁새가 황새를 쫓아가다가는 다리가 찢어지는 법이다. 나는 내 수준에 맞는 방식을 골랐다. 나는 부드러운 곡선이 아니라 직선으로 달려와 등이 아닌 배를 앞에 두고 힘차게 뛰어올랐다. 등을 구부리고 배에 힘을 주어 몸을 활처럼 휘게 만들었다. 먼저 손이 넘어가고 머리가 넘어가고 가슴도 넘어갔다. 가로대는 여전히 그대로였다. 이대로 배와 다리만 넘어가면 성공이었다. 오동통한 배를 최대한 등 쪽으로 당겼다. 모든 힘을 배로 끌어모았다. 우아한 포물선은 애초에 기대도 하지 않았다. 그저 직선처럼만 돼도 다행이라고 여기며 있는 힘껏 배를 당겼다. 나름 기대한 만큼 배가 안으로 당겨졌다. 배가 무사히 가로대를 넘어가기만 하면 성공이었다. 뭔가 이상한 감촉이 느껴졌다. 분명히 배를 집어넣었는데 출렁거림까지 어쩌지는 못한 모양이었다. 낯선 감촉과 함께 내 몸과 가로대가 같이 바닥으로 떨어졌다.

"이태경, 105cm 2차 시도 실패!"

차가운 선언이었다.

이제 기회는 한 번 남았다.

"또 실패냐?"

이미 115cm를 넘은 권우현이 안쓰럽게 나를 위로했다. 115cm는 A를 받기 위해 넘어야 하는 높이였다. 105cm를 넘기에 겨우 C를 받는다. 나는 100cm를 간신히 넘었고, 이대로 105cm를 실패하면 높이뛰기 점수는 D를 받는다. D라니, 받고 싶지 않은 점수였다.

나는 내 배를 쳐다봤다. 그날따라 오동통하게 튀어나온 배가 원망스러웠다.

"어젯밤에 치킨을 먹지 말아야 했어."

"배에 더 힘을 줘 봐."

"난들 안 그러고 싶겠냐. 배에 힘을 주면 다리에 힘이 안 들어가니그렇지."

"배와 다리에 힘이 같이 안 들어간단 말이야?"

권우현이 눈을 크게 뜨며 말했다. 물론 크게 떠 봤자 졸릴 때 내 눈크기만도 못하지만.

"나도 내 몸을 모르겠어."

내 배를 톡톡 두드렸다. 높이뛰기 때문에 내 배를 원망하기도 했지만 나는 내 통통한 배를 좋아한다. 나는 먹기 위해 사는데 내 배는 내식욕을 만족스럽게 채워 준다. 맛있는 음식을 많이 먹어도 괜찮을 만큼 내 배는 넉넉하다. 배가 작아서 맛있는 음식을 마음껏 먹지 못하는불행보다 더 큰 불행은 없다. 내 배는 늘 내게 행복을 준다. 단, 체육 시간만 빼고.

나는 마지막 기회를 노리려고 대기 줄로 걸어갔다. 그때 박채원이 기뻐 날뛰는 모습이 보였다.

"박채원, 105cm 3차 시도 성공!"

박채원은 친구인 이예나와 손을 마주치며 팔짝팔짝 뛰었다.

박채원이 좋아할 만한 결과였다. 남학생인 내가 105cm를 넘으면 C 이지만 여학생인 박채원이 105cm를 넘으면 A이기 때문이다. 마지막 시도에서 A를 받았으니 얼마나 기쁘겠는가? 나도 A를 받고 싶다. 그렇지만 나는 C를 받기 위한 마지막 도전밖에 남지 않았다. C를 받으려고 아등바등하며 105cm를 넘으려고 애를 쓰는데, 박채원을 비롯한 여학생들은 C를 받으려면 95cm만 넘으면 된다. 나는 95cm는 아주 가뿐하게 넘었다. 그런데 왜 나는 95cm를 넘고도 C를 받지 못할까? 왜 남자만 기준이 더 높을까? 이해가 안 된다. 여자들은 더 가볍다. 안 그런 애들도 있지만 대체로 그렇다. 박채원만 해도 바람이 불면 날아갈 듯한 몸이다. 몸이 가벼우면 위로 뛰어오르기가 더 쉽지 않을까? 나처럼 몸이 통통한 사람은 위로 뛰기가 쉽지 않은데 남자라고 해서 모두 다 평가 기준을 높여 놓은 것은 아무리 따져 봐도 불공평하다. 물론 95cm를 넘지 못하는 여학생도 꽤 있었다. 그렇지만 105cm를 넘지 못한 남학생들이 훨씬 많았다.

"105cm 남학생들 마지막 시도."

체육 선생님이 큰 소리로 말했다. 나는 다시 한번 배에 힘을 주었다.

나처럼 105cm를 넘지 못한 남학생들이 마지막 시도를 위해 줄을 섰다.

"안재성!"

체육 선생님이 이름을 불렀고, 안재성이 뛰어나갔다. 안재성이 힘차게 뛰었지만 가로대와 몸이 같이 떨어졌다.

"안재성, 105cm 3차 시도 실패!"

안재성은 실패했는데도 뭐가 그리 좋은지 싱글벙글 웃었다.

"임현석!"

임현석도 실패했다.

"원동찬!"

원동찬은 겨우 성공했다. 부러웠다.

"조영호!"

조영호도 실패했다. 다음은 내 차례였다.

"이태경!"

심호흡을 했다. 배에 적당한 힘을 주었다. 남은 힘을 다리에 모두 모았다. 어젯밤에 먹은 치킨에서 얻은 힘도 모두 쥐어짰다. 힘차게 뛰어오른 뒤 배를 있는 힘껏 등 쪽으로 잡아당겼다. 배에 아무것도 걸리지 않았다. 다리에도 가로대가 닿는 느낌이 없었다.

"이태경, 105cm 3차 시도 성공!"

드디어 성공이다. 고생 끝에 105cm를 넘었다. D가 아니라 다행이었다. 우현이는 자기가 성공한 듯이 기뻐해 주었다. 우현이는 참 좋은 친구다. 나는 마지막 순간에 온 힘을 다해 크기를 줄여 준 내 배가 자랑스러웠다. 그것은 거의 불가능한 크기였다. 아마 평소 내 배가 그런 크기였으면 나는 굶어 죽을 걱정을 했을지도 모른다.

"박준형, 끝까지 도전해 볼래?"

높이뛰기 평가가 다 끝났는데 체육 선생님은 박준형에게 더 높은 기록에 도전을 해 보라고 시켰다. 박준형은 우리 반에서, 아니 전교에서 운동을 가장 잘한다. 운동선수를 해도 될 정도다. 해도 그만이고 안 해도 그만인 도전이었는데 박준형은 도전에 나섰다. 첫 도전 기록은 150cm였다. 박준형은 가뿐하게 넘었다. 체육 선생님이 시범으로 보여 준 배면뛰기를 똑같이 해냈다. 여자애들이 환호성을 질렀다. 160cm도 그리 어렵지 않게 넘었다. 이번에는 남자애들도 소리를 질렀다. 170cm에 도전했다. 170cm를 넘는다면 뛰어서 내 머리 위로 지나간다는 뜻이다. 말도 안 되는 높이였다. 머리, 몸, 허리, 엉덩이가 가로대를 넘어갔지만, 아쉽게도 마지막에 발이 걸렸다. 실패했지만 놀라운 능력이었다. 박준형을 향해 박수가 쏟아졌다. 나는 105cm를 겨우 넘었는데 170cm에 도전해서 성공할 뻔하다니……. 타고난 능력이 만들어 낸 차이란 어쩔 수가 없는 모양이다.

"모두 고생했고, 뒷정리하자. 오늘 뒷정리 담당이 누구지?"

뒷정리를 담당한 애들이 남고 나머지는 천천히 체육관을 빠져나갔다. 나는 마지막에 힘을 다 쏟아 내느라 지쳐서 잠시 바닥에 앉아서 쉬었다. 우현이가 나란히 옆에 앉았다. 나는 심호흡을 하며 105cm를 뛰느라 고생한 내 몸을 위로했다.

　　　　　　　　　　　　　수상한 학교, 평등을 팝니다

체육 부장인 박준형이 조영호와 함께 열심히 물품을 치웠다. 여자애들은 물품을 치우는 흉내만 내고 아무것도 안 했다. 임현석은 제대로 치우지는 않으면서 여자애들을 째려보며 뭐라고 중얼거렸는데 말이 들리지는 않았다. 뒷정리가 끝나는 시간에 맞춰 나와 우현이도 자리에서 일어났다. 체육관을 빠져나가면서 임현석이 크게 투덜거렸다.

"뒷정리 담당이면 같이 치워야지. 여자라고 뒤로 빠지고⋯⋯."

뒷정리를 담당하는 여자애들이 들으라고 한 소리였다.

"무거운 걸 어떻게 들어."

신보라가 힘없는 목소리를 꾸며 내며 말했다.

"하여튼 여자들은 꼭 이럴 때만 힘없는 척해."

임현석은 늘 여자애들에게 불만이다. 임현석이 인정하는 여자는 이선혜밖에 없다. 이선혜는 참 착하다. 1학년 때부터 아주 유명했다. 이선혜가 조금만 예뻤더라면 남자들이 줄을 서서 사귀자고 했을 것이다.

"여학생들이 하든 말든 우리가 사용한 걸 우리가 치웠으면 된 거지, 뭘 그렇게 투덜거리냐?"

박준형이 구박 아닌 구박을 했지만, 임현석은 아랑곳 않고 더 짜증을 냈다.

"높이뛰기 기준도 그래. 여자들은 100cm에 B인데 나는 100cm를 넘고도 D야. 뭐 이딴 기준이 있냐?"

임현석이 모처럼 옳은 말을 했다.

"이예나 봐. 130cm도 넘었잖아. 송현지는 또 어떻고. 여자들도 잘하는 애들은 엄청 잘하는데 왜 남자들은 기준이 10cm나 더 높아야 하는 거냐고. 완전 차별이야. 남자 차별."

임현석은 남자가 차별당한다는 말을 늘 입에 달고 산다. 집에서 누나와 여동생에게 차별이라도 당하며 지내는 걸까? 아니면 초등학교 다닐 때 여학생들 때문에 불이익이라도 당한 걸까? 이유는 모르지만 임현석은 늘 억울해한다. 평소에 임현석 말을 귀담아듣지도 않고, 무시했는데 오늘 체육 수행을 하고 나서는 임현석 말에 어느 정도 공감이 갔다.

"야, 이 녀석아! PAPS(학생건강체력평가제도) 기준이 그래. 뭘 알고 불평을 해."

체육 선생님이었다.

임현석은 기죽지 않고 맞섰다.

"그러니까 그 팝스인지 뭔지는 왜 꼭 남자들한테만 불리하냐고요. 남자라고 다 잘하지도 않고, 여자들도 잘하는 애들이 얼마나 많은데."

"다 연구해서 전문가들이 정한 기준이야."

체육 선생님은 사람 좋아 보이는 웃음을 지어 보였다.

"그 전문가란 사람들이 모조리 남자 차별주의자들이 분명해요."

"거기서 남자 차별이 왜 나와? 전문가가 다 여자만 있는 줄 아냐? 억지 그만 부려."

체육 선생님이 단호하게 말하자 임현석은 입을 꾹 다문 채 불만을 안으로 집어삼켰다. 임현석이 한 말은 바로 내가 하고 싶은 말이었다.

내가 다니는 늘품중학교는 급식이 끝내준다. 웬만큼 유명한 맛집보다 더 낫다. 내가 과학을 그리 좋아하지 않음에도 1학년 때부터 자연과학부에서 활동하는 이유도 급식 때문이다. 자연과학부는 점심때마다 모임을 하는데, 모임 시간을 넉넉하게 보장해 주려고 학교에서 특별히 우선급식 혜택을 준다. 1학년 때는 다른 동기들보다 20분이나 먼저 먹었고, 2학년이 돼서도 10분이나 먼저 먹는다. 2학년이 되면서 잠시 자연과학부를 그만둘까 고민했다. 1학년 때 자연과학부원 10명 가운데 5명이 그만두기도 했다. 나도 그만두려 했지만 맛있는 급식을 10분씩이나 기다리기에는 내 참을성이 모자랐기에 그냥 자연과학부에 다니기로 했다.

박채원은 나와 같은 자연과학부이면서 같은 반인데 1학년 때부터 사사건건 다투었다. 자연과학부에서 빵 만들기 대결을 한 뒤에 잠깐 동안 다툼이 줄어들었지만, 조금 시간이 지난 뒤에 다시 다투는 사이로 되돌아갔다. 2학년이 되면서 박채원과 같은 반이 되지 않기만 바랐는데 재수없게도 같은 반이 되고 말았다. 권우현은 나와 가장 가까운 친구다. 유치원 때부터 친구인데 1학년에 이어 2학년에도 같은 반이 되었다. 권우현은 아주 어릴 때부터 컴퓨터를 아주 좋아하고 잘 다뤘는데 늘품중학교 컴퓨터과학부에 들어가면서 실력이 더 늘었다. 전국대회에 나가서 입상까지 하는 실력파다. 가장 가까운 친구인 우현이와 가장 꼴 보기 싫은 박채원이 같은 반이니 천국과 지옥이 같은 공간에 있는 셈이다.

체육 수업이 끝나자마자 곧바로 급식실로 왔다. 자연과학부와 컴퓨터과학부 소속인 1~2학년 학생들이 3학년보다 먼저 급식을 받았다.

"안녕하세요."

나는 영양사 선생님께 인사를 드렸다. 나는 늘품중학교에서 영양사 선생님을 가장 좋아한다. 이렇게 맛있는 음식을 먹게 해 주시는 분이니 고맙지 않을 수가 없다.

"태경이 왔구나! 오늘은 네가 특별히 좋아하는 수제 소시지야."

"와! 맛있겠다."

노릇노릇한 소시지가 식판 위에 올라왔다. 체육 수업에서 쌓인 짜증이 소시지 향과 함께 빠르게 누그러졌다.

"특별히 태경이는 하나 더 줄게."

나는 급식 조리원 분들과도 친하다. 그래서 특별히 내가 좋아하는 반찬이 나오는 날이면 내 식판은 더욱 풍성해진다.

"에이, 저도 하나 더 주시면 안 돼요?"

바로 뒤에 선 우현이가 부탁했지만 배식을 하는 조리원은 모른 척했다. 자리에 앉으며 우현이가 투덜거렸다.

"쳇, 왜 맨날 너만 특혜냐?"

"크크, 부럽지?"

"됐어! 하루이틀도 아니고."

소시지를 한입 베어 먹었다. 부드러움과 향이 적절하게 조화를 이룬 소시지가 입안에서 오동통한 기쁨을 선물했다.

"끝내준다."

"그러게. 진짜 맛있다."

나와 우현이는 연신 감탄하며 소시지를 먹었다. 행복했다. 더할 나위 없는 행복이었다. 재수없는 그 목소리가 들리기 전까지는…….

"히히. 너도 봤지? 마지막에 105cm를 딱 넘는데, 정말 짜릿했어."

박채원이었다. 나도 모르게 박채원 쪽으로 눈이 돌아갔다. 같은 시간에 같은 공간에서 급식을 먹어 왔지만 그동안은 절대 박채원 쪽은 쳐다보지 않는데 그날은 어쩔 수 없이 눈길이 가고 말았다.

"아슬아슬하더라."

박채원 앞에는 컴퓨터과학부인 임나은이 앉아 있었다.

박채원이 임나은과 같이 지내니 더 꼴 보기 싫었다. 임나은은 컴퓨터과학부이면서 유난히 잘난 체를 많이 했다. 툭하면 자연과학부인 우리를 무시하기도 했다. 임나은이 같은 반이 되자 박채원과 많이 다툴 거라고 예상했다. 박채원은 자연과학부에 대한 자부심이 높은 데다, 박채원 친구인 이예나가 임나은과 사이가 안 좋았기 때문이다. 그런데 박채원과 임나은은 같은 반이 된 첫날부터 가까워졌고, 언제 그랬냐는 듯이 이예나와도 금방 가까워졌다. 아무리 따져 봐도 여자애들 관계는 이해를 못 하겠다.

"너도 봤냐?"

"다리에 슬쩍 닿았잖아."

"그니까!"

"가로대가 살짝 흔들리는데, 떨어지는 줄 알았잖아."

"운이 좋았지."

"운도 실력이야."

"이번엔 A 못 받는 줄 알고 얼마나 걱정했는데."

박채원과 임나은은 신나게 수다를 떨며 맛있게 급식을 먹었다. 박채원과 임나은이 높이뛰기 이야기를 하며 즐거워하니 더 꼴 보기 싫었다. 아까운 수제 소시지가 박채원과 임나은 입으로 들어가는 게 몹시 아까웠다.

"재수없어."

박채원은 소시지가 준 행복마저 지워 버리는 바이러스였다.

"이번엔 또 왜?"

우현이도 박채원을 힐끔 봤다.

"A 받았다고 잘난 척하다니……. 나랑 똑같이 105cm를 넘었는데……."

"기준이 그렇잖아. 어쩔 수 없지."

"기준이 불공평해."

"남자와 여자가 신체 능력이 다른데 어쩌겠어."

"이예나와 송현지 봐. 엄청 잘하잖아."

"그 둘이야 원래 잘하고."

"그니까. 불공평하지."

"그렇다고 똑같은 기준으로 할 수는 없잖아."

"왜 안 돼? 똑같은 기준으로 해야 공평하지."

"아휴, 됐다! 그만하자. 너랑 나랑 입씨름해 봤자 바뀔 것도 아니고."

짜증 때문에 맛있는 급식을 제대로 즐기지도 못했다. 그래서 더 짜증이 났다.

급식을 다 먹고 식판을 반납대에 올려놓고 물을 마시는데 박채원과 임나은이 반납대 쪽으로 걸어왔다. 물을 다 마시지도 않은 컵을 던지듯이 놓고는 얼른 자리를 피했다. 우현이가 허겁지겁 내 뒤를 따라왔다. 배식대에서는 몇 명 남은 3학년들이 배식을 받는 중이었다. 급식실 입구에 2학년들이 줄을 서서 배고픈 표정으로 기다리는 모습이 보였다. 나를 부럽게 바라보는 눈동자들을 보니 짜증이 조금은 가라앉았다.

"왜 소시지를 안 받니?"

배식대 옆을 지나가다가 소시지를 안 받는다는 말에 눈길이 저절로 배식대로 향했다. 내 몸매와는 정반대인 3학년 남자 선배가 안경테를 만지며 멋쩍게 웃는 모습이 보였다.

"제가 소시지 알레르기가 있어서요."

소시지 알레르기라니, 그런 알레르기는 처음 들어 보았다. 맛있는 소시지를 알레르기 때문에 못 먹다니……. 가리는 음식 없이, 몸에 안 맞는 음식 없이 다 잘 먹는 내 몸이 고마웠다. 그 덕택에 높이뛰기를 제대로 못 한 내 몸에 대한 아쉬움은 깨끗이 사라졌다. 물론 박채원을 향한 짜증과 불공평한 기준에 대한 불만은 조금도 사라지지 않았지만.

동료평가는 눈치 게임이다

박채원

2학년 영어 시간에 모둠으로 진행하는 프로젝트 수업을 했다. 모둠원은 송현지, 박준형, 조영호였다. 현지는 춤을 참 잘 춘다. 1학년 말에 학교 축제에서 춤추는 모습을 봤는데 웬만한 아이돌 가수보다 뛰어났다. 현지는 학교에서도 틈만 나면 춤 연습을 하고, 학교 수업이 끝나면 춤 학원에 가서 지낸다. 현지 꿈은 전문 안무가다. 현지가 닮고 싶은 안무가는 텔레비전에도 나올 만큼 아주 유명하다. 현지라면 그 안무가처럼 될 가능성이 충분했다. 자기 목표를 향해 노력하는 현지가 참 멋져 보여서 현지와 가까이 지낸다. 박준형은 운동을 참 잘한다. 높이뛰기를 하는데 바로 배워서 160cm를 배면뛰기로 넘었고, 170cm도 넘을 뻔했다. 체육 선생님이 조금만 연습하면 180cm도 가뿐히 넘을 거라고 했다. 박준형은 높이뛰기뿐 아니라 거의 모든 운동을 다 잘한다. 박준형이 속한 팀이 거의 다 이긴다. 그래서 1학년 체육 대회 때 박준형이 있는 반이 아주 높은 점수로 우승을 차지했다. 박준형이 2학년 때 우리 반이 되자 담임 선생님은 올해 체육 대회는 우리가 우승할 거라면서 아주 기뻐했다. 운동 재능이 탁월해서 전문 선수를 해도 될 듯한데 박준형은 선수가 될 생각은 없었다. 그냥 체육을 즐길 뿐이라고 했다. 우리 반에서 권우현과 함께 가장 정신이 제대로 박힌 남자애다. 조영호는 수행에 전혀 도움이 안 된다. 국어 수업에서 처음으로 수행을 같이 했는데 아무것도 할 줄 모르는 조영호 때문에 무척 고생했다. 안재성, 원동찬과 더불어 절대 같은 모둠이 되고 싶지 않은 남자애였다.

프로젝트 과제는 지문에 담긴 문화와 역사를 조사해서 내용을 풍성하게 이해하는 것이다. 가지에 가지를 뻗어 나가는 방식으로 한 지문에서 출발해 다양한 지식으로 확장하는 프로젝트인데, 기존 영어 수업 방식과 달라서 무척 흥미롭게 다가왔다. 언어에는 문화와 역사가 깃들어 있으므로 언어를 제대로 익히려면 단순히 해석에 머물지 말고 그 언어에 얽힌 풍성한 배경을 이해해야 한다는 프로젝트 취지도 마음에 들었다. 프로젝트 첫 관문은 영어 선생님이 나눠준 지문에 표시된 어휘를 조사하고, 본문을 해석한 다음 본문 내용에 맞는 1차 자료 찾기였다. 풍성하고 다양한 가지로 뻗어 나가기 위한 초기 과정이었다. 첫 과정을 어떻게 하느냐에 따라 다음 가지치기 방향이 완전히 달라지기에 무척 중요했다.

영어 선생님이 역할을 균등하게 나누라고 했기에 어휘, 해석, 자료

찾기 과제를 정확히 4등분해서 각자 책임지기로 했다. 모둠별로 주어진 지문이 달랐기에 다른 모둠과 품앗이를 할 수도 없었다. 일단 수업 시간 내에 기본 내용을 공유했다. 선생님은 집에서 과제를 하지 말고 창의 체험 시간에 준비하라고 했다. 다른 모둠은 거의 다 창의 체험 시간에 프로젝트 과제를 했지만 우리 모둠은 조영호를 빼고는 모두 사정이 생겨서 모이지 못했다. 나는 창의 체험 시간에 자연과학부에서 진행하는 프로젝트 때문에 빠졌고, 박준형은 체육 선생님이 체육부 회의를 한다면서 데려갔고, 송현지는 학교 행사에서 보여 줄 춤 연습 때문에 빠졌다. 그래서 어쩔 수 없이 방과후에 프로젝트에 딸린 과제를 해야만 하는 상황에 몰리고 말았다.

집에 온 나는 곧바로 내가 맡은 대목을 처리했다. 내가 가장 어려운 대목을 맡았기 때문에 내 역할이 가장 중요했다. 까다로운 어휘가 몇 개 있어서 정확한 뜻과 활용을 파악하는 데 조금 힘들었지만 어휘를 알고 나자 해석은 아주 쉬웠다. 기본 자료도 금방 찾았다. 집에 오자마자 서두른 덕분에 여유 있게 과제를 마쳤다. 밥을 먹고 학원에 갈 준비를 하는데 현지에게서 문자가 왔다.

👎 영호, 잘 못하는 거 알지?

💬 국어 수행 때 알아봤어. 엉망이더라 @.@

👎 1학년 때 같은 반이어서 몇 번 모둠 활동을 했는데…… ㅜ.ㅜ

💬 심각한가 보네.

🗨 중간에 확인해 보는 게 좋을 거야.

🗨 네가 하는 게 낫지 않을까? 난 친하지도 않은데.

🗨 미안. 나 지금부터 춤 연습 들어가면 저녁 늦게까지 짬이 없어서.

🗨 알았어. 어쩔 수 없지 뭐.

당장은 수학 학원에 가야 해서 조영호에게 확인을 못 했다. 수학 학원이 끝나자마자 조영호에게 연락했다. 문자를 보냈는데 한참 뒤에야 답장이 왔다.

🗨 하긴 했는데…….

🗨 했으면 보내 줘.

🗨 그게. 쫌~~

🗨 일단 보내라니까.

🗨 그게 영^~~

보내라고 하면 그냥 보내면 될 텐데 뭘 그렇게 머뭇거리는지 모르겠다. 내가 몇 번을 다그친 뒤에야 조영호는 자신이 정리한 자료를 보내주었다. 자료를 받아보고는 어이없었다. 해석이야 기대도 안 했지만 인터넷으로 검색만 해도 되는 어휘마저 엉망이었다. 본문을 바탕으로 찾은 자료를 보고는 헛웃음이 나왔다. 도대체 왜 그런 자료를 찾았는지 어림도 되지 않았다.

🗨 한 거 맞아?

🗨 보냈잖아.

🗨 내용이 부실하니 그렇지.

🗨 나름 했어.

🗨 제대로 된 어휘도 아니던데?

🗨 나름 찾았어.

🗨 휴~~ 그 자료는 왜 찾은 거야?

🗨 …… 이상해?

갑자기 짜증이 확 치밀었다.

🗨 엉망인 거 몰라?

🗨 −.−;;

🗨 쓰레기도 이거보다는 낫겠다.

보내 놓고 나서 심하다는 생각이 들었지만 그 순간 내 기분을 담은
말이었다.

🗨 해도 잘 안 되는데 어떡하라고?

🗨 노력을 해.

🗨 노력했어.

💬 노력한 게 이 모양이야?

👎 누구는 뭐 못하고 싶어서 못하는 줄 알아?

💬 네가 왜 짜증을 내?

👎 네가 짜증나게 하잖아.

💬 네가 한 숙제나 보고 짜증을 내.

👎 됐어! 나 안 해.

💬 야!

👎 안 하는 게 아니라 못 해.

화가 치밀어서 문자를 계속 보냈지만 조영호는 더이상 답이 없었다. 나중에는 아예 문자를 읽지도 않았다. 나는 조영호 같은 애가 딱 질색이다. 자기 실력이 부족하면 노력을 해야 한다. 재주가 모자라도 노력하면 실력은 노력한 만큼 는다. 조영호 같은 애는 자신이 부족한 걸 알면서도 노력을 안 한다. 노력은 안 하면서 정당한 지적에 자존심만 내세운다.

조영호가 손을 놔 버렸기 때문에 어쩔 수 없이 조영호가 맡은 부분을 내가 해야만 했다. 불쑥불쑥 화가 치밀었지만 화를 낼 대상인 조영호가 응답이 없으니 화를 쏟아 내지도 못했다. 조영호 숙제를 내가 다 마무리할 때쯤 박준형이 숙제를 보내왔다.

👎 하긴 했는데… 잘했는지 자신이 없어서….

💬 살펴볼게.

🗨 미안. 내가 영어는 좀…….

💬 괜찮아.

박준형은 예의 바르게 부탁을 했다. 조영호와 참 달랐다. 박준형 덕분에 마음이 조금 누그러졌다. 그렇지만 보내온 자료를 보고는 한숨이 나왔다. 조영호보다는 나았지만 손볼 게 한두 곳이 아니었다. 박준형이 미안하다고 말한 까닭을 알 만했다. 미안하다는 애한테 뭐라고 할 수도 없어서 아무 말도 못 하고 모자란 대목을 내가 모두 고쳤다.

현지는 늦은 시간까지 춤 연습을 하느라 과제를 자정이 다 되어서야 보내왔다. 안타깝게도 현지가 보내온 자료도 박준형과 비슷한 수준이었다. 현지가 어떤 처지인지 잘 알기에 모자란 대목을 내가 또 고쳤다. 각자 역할을 균등하게 나눠서 해야 하는 과제였지만, 결국 내가 거의 다 떠맡아서 했다. 내가 훨씬 고생했지만 성적은 똑같이 받을 것이다. 그 생각을 하니 또다시 억울함이 밀려왔다. 게으름이 더 보상을 받는 수행이라니…….

억울함은 억울함이고 과제는 과제였다. 과제를 하나로 합쳐서 깔끔하게 편집한 뒤 출력을 하고, 각자 메일로도 보내 주었다. 발표를 하기 전에 꼭 읽어 보라는 부탁도 별도로 했다. 다음 날, 영어 수업에서 곧바로 발표를 했다. 나에게 성질을 부렸던 조영호는 시키는 대로 자기 역할을 잘 해냈다. 박준형과 현지도 자기 몫을 다 했다. 당연히 점수도 A

를 받았다.

우리 뒤에 권우현, 임나은, 유정린, 이태경 모둠이 발표를 했다. 권우현이 USB를 컴퓨터에 꽂고 프로그램을 실행하자 화면에 현란한 영상이 떴다. 마치 TV나 영화에 나오는 그래픽 같았다. 권우현 모둠은 영상에 맞춰 발표를 했는데, 다들 영상을 보느라 정신이 없었다. 선생님조차 감탄할 정도로 수준이 높았다. 집에서 숙제를 했냐고 선생님이 물어봤더니 어제 창의 체험 시간에 컴퓨터실에서 영상 작업을 했다고 권우현이 말했다. 창의 체험 시간 안에 저런 수준 높은 영상을 만들어 냈다는 사실이 믿기지 않았다. 영상뿐 아니라 자료도 아주 훌륭했다. 모둠원이 좋으니 당연한 결과였다.

권우현과 임나은은 컴퓨터과학부에서 활동할 만큼 컴퓨터 실력이 뛰어나고 성실하며, 유정린은 초등학생 때부터 공부를 잘한다고 소문이 자자했다. 저 셋이 뭉쳤으니 짧은 시간이지만 대단한 결과물이 나올 수밖에 없었다. 물론 이태경은 자연과학부에서 나와 같이 프로젝트를 했기 때문에 분명히 무임승차인데 마치 자신이 큰 몫을 해낸 듯이 으스댔다. 이태경이 잘난 척하는 꼴이 눈꼴시었다. 이태경은 저렇게 잘하는 애들과 모둠을 이룬 덕분에 아무것도 안 하고 A를 받고, 나는 온갖 고생을 다 한 뒤에 힘겹게 A를 받다니, 심각한 불공평이었다.

마지막으로 임현석과 강정아, 원동찬으로 이루어진 모둠이 발표를 했다. 발표를 하다가 갑자기 임현석과 강정아가 악감정을 드러내며 다퉜다. 강정아가 조사 자료에 페미니즘과 관련한 내용을 다룬 게 문제였다. 다투는 꼴을 보니 어제 창의 체험 시간에도 조사 자료를 공유하지 않은 듯했다. 영어 선생님이 나무라자 둘은 입을 다물었고, 발표는 흐지부지 되고 말았다. 가운데 낀 원동찬은 준비한 발표도 못 하고 입을 앙다문 채 자리로 돌아갔다.

수업이 끝나자마자 강정아와 임현석이 큰소리로 다투었다. 강정아는 임현석을 한남충, 개오징어로 불렀고, 임현석은 강정아를 발암물질, 테러리스트라고 불렀다. 서로에게 막말을 쏟아 낼 뿐 아니라 서로 남자와 여자 전체를 싸잡아 비난했다. 오가는 말들이 듣기에 몹시 거북했다. 싸우는 기세가 무서워서 아무도 끼어들지 못했지만 많은 애들이 거북스러워하는 표정이었다. 다들 교실을 빠져나갔다. 혐오가 가득한 말을 듣기도 싫고 혹시라도 자기에게 불똥이 튈까 봐 염려하여 자리를 피하는 것이었다. 나도 눈치를 봐서 교실을 빠져나왔다.

임현석은 1학년 때부터 여성 혐오주의자로 아주 유명했다. 여자만 보면 걸레를 입에 문 듯이 더러운 말을 내뱉어서 여자애들은 다들 임현석을 싫어했고, 가까이 가지 않으려고 했다. 강정아는 2학년에 같은 반이 되면서 처음 알았다. 임현석과 대놓고 싸우는 모습이 한편으로는 대단해 보였지만, 지나치게 거친 표현은 거슬렸다. 물론 임현석이 쓰레기 같은 놈이니 임현석을 까는 말은 괜찮지만, 다들 듣는 자리에서 대놓고 남자 전체를 싸잡아 비난하는 말은 좋아 보이지 않았다.

물론 우리 반 남학생들 가운데 엉망인 애들이 많다. 안재성은 인성이 쓰레기고, 조영호는 게으르고, 원동찬은 이상하고, 이태경은 지저분하고, 김기주는 맨날 약한 척만 한다. 그렇지만 그 애들을 빼면 대체로 괜찮은 편이다. 특히 권우현과 박준형은 여자들을 잘 배려한다. 권우현과 박준형은 인기가 많아 사귀고 싶어 하는 여자애들이 꽤 된다. 내 친구인 임나은도 대놓고 말은 안 하지만 박준형을 꽤나 좋아하는 눈치다.

쉬는 시간이 끝날 때쯤 교실에 돌아오니 임현석과 강정아는 자기 자리에 앉아 서로를 노려보고 있었다. 교실 분위기는 냉동실처럼 냉기가 감돌았다. 곧이어 최미경 사회 선생님이 들어왔고, 그제야 분위기가 바뀌었다. 최미경 선생님은 밝은 기운으로 교실을 채웠고, 다들 냉랭한 분위기에서 점차 벗어났다. 수업 도중에 또다시 모둠 활동을 했다. 재수없게도 또다시 안재성과 한 모둠이 되었다. 도대체 왜 자꾸 안재성과 같은 모둠이 되는지 모르겠다. 짜증이 났지만 내색하지는 않았다. 늘 아파 보이는 김기주와는 처음으로 같은 모둠이 되어서 조금 불안했지만, 현지와 같은 모둠인 걸로 위안을 삼았다.

수행 과제는 우리 동네 인구, 산업, 관광, 복지와 관련한 시설을 PPT로 정리해서 발표하기였다. 기본 강의를 인터넷으로 듣고 컴퓨터실에서 자료를 조사해 PPT로 만드는 과제였다. 우리는 네 분야로 역할을 나누었는데 웬일인지 안재성이 순순히 역할을 맡았다. 과제도 그리 어렵지 않고 완성까지 날짜도 여유로워서 그리 걱정하지 않았다. 일이 착착 진행되어 PPT 디자인까지 끝냈다. 걱정과 달리 안재성과 같이 하는 모둠 수행이 무사히 지나갈 듯했다. 그런데 그다음 날 갑자기 내게 변수가 생겼다. 자연과학부에서 진행하던 프로젝트 일정이 앞당겨지면서 나는 1박 2일 동안 연구 수련회에 참가하느라 학교를 빠져야만 했다. 물론 같은 자연과학부인 이태경도 나와 마찬가지로 연구 수련회에 참여했다.

갑자기 결정된 일이라 문자를 모둠원들에게 보냈다. 내가 맡은 부분은 수련회에 다녀와서 따로 할 테니 각자 맡은 부분만 완성해서 내게 메일로 보내 달라고 부탁했다. 전체 자료를 종합하고 정리하는 일도 수련회 다녀와서 내가 하겠다고 약속했다. 다들 좋다고 했다. 안재성이 순순히 책임을 떠맡겠다고 하니 안재성이 다르게 보이기까지 했다. 1박 2일 동안 힘들게 수련회를 하고 집에 돌아온 시간이 저녁 7시 30분이었다. 수학 학원이 8시여서 학원에 가려고 했지만 엄마가 말렸다. 솔직히 연구 수련회에서 잠도 4시간밖에 못 자서 피곤하고 졸리기는 했다. 엄마가 말리기도 하니 그 핑계에 빠지고 싶은 마음도 들었다. 그렇지만 나약해지려는 마음을 몰아냈다. 이 정도 힘겨움은 이겨 내야 한다고 스스로 다그쳤다.

학원 수업을 마치고 돌아오니 몸이 축 늘어질 만큼 힘들었다. 그럼에도 사회 수행 과제에서 내가 맡은 대목에 해당하는 자료 조사를 넉넉하게 했다. 혹시 몰라서 PPT 디자인까지 깔끔하게 다듬었다. 시간을 확인하니 11시 40분이었다. 이제 다른 모둠원들이 학교에서 작업한 자료를 적절하게 정리해서 넣으면 끝이었다. 메일을 열었다. 셋이 작업한 자료가 당연히 와 있을 줄 알았다. 최미경 선생님이 수업 시간에 충분히 조사할 시간을 준다고 했고, 인터넷도 이용하게 해 주었으니 자료 준비는 스마트폰 켜기만큼 쉬운 일이었다. 그런데 아무것도 없었다. 받은 메일함은 텅 비어 있었다.

'분명히 마무리해서 나한테 메일로 보내 주기로 했는데, 어떻게 된 거지?'

상황을 파악하려고 곧바로 모둠원들에게 문자를 보냈다. 가장 먼저 현지에게서 문자가 왔다.

💬 미안. 조금도 못 했어.

💬 수업 때 안재성은 나 몰라라 하고

💬 김기주는 아프다고 보건실 가서 안 오고

💬 나는 어떻게 해야 하는지 잘 몰라서 헤매다가 대충하긴 했는데…….

💬 춤 연습 때문에 바빠서… 미처 못 냈네…….

💬 나 아직도 춤 학원.

💬 다음 주에 갑자기 대회가 잡혀서 연습하는 중.

💬 미안해. 끝나고 내가 한 거 보내 줄게.

💬 미안 미안!! 나중에 맛있는 거 사 줄게.

현지가 보낸 문자를 읽으니 어떤 일이 펼쳐졌는지 눈에 훤했다. 대회에 나가려고 밤 12시가 되도록 춤 연습을 하는 현지를 탓할 수는 없었다. 언제 춤 연습이 끝날지도 모르는 상황에서 현지가 조사한 자료를 받기까지 마냥 기다리기도 어려웠다. 결과 발표를 하는 날이 내일인데 막막했다. 김기주와 안재성에게 화가 났다. 문자를 여러 번 보냈는데 답이 오지 않았다. 화가 폭발하기 직전에 김기주에게서 문자가 왔다.

> 🗨 기주 엄마야. 기주가 아파서 약 먹고 잠들었네.

아파서 잠들었다고 하니 어찌해 볼 도리가 없었다. 왜 맡은 과제를 안 했냐고 기주 엄마에게 따질 수도 없는 노릇이었다. 아프다는데 어떻게 하겠는가? 또다시 내가 모든 수행을 해야 한다고 생각하니 아득했다. 곧이어 안재성에게서 온 문자는 내 속을 완전히 뒤집어 놓았다.

> 🗨 게임하는 데 방해되게 문자 보내지 마.
> 💬 사회 수행 과제, 왜 하나도 안 했는데?
> 🗨 난 관심 없으니까 알아서 하셔.
> 💬 하겠다고 했잖아?
> 🗨 누가? 언제?
> 💬 문자로 약속을……
> 🗨 수행 그딴 거.
> 💬 야! 그냥 수업 시간에만 하면 되는데 그걸 왜~~?
> 🗨 방해하지 마!

　　　　　　　　　　　　　　수상한 학교, 평등을 팝니다

💬 너 때문에 지게 생겼잖아!!!!

🗨 지금 게임이 중요해?

그러고는 답이 없었다. 문자를 거듭 보냈지만 안재성은 문자를 씹었
다. 속이 부글부글 끓었다. 안재성은 뭘 어떻게 해 볼 수가 없는 망나니
였다. 안재성과 같은 모둠이 된 것이 내게는 저주였다. 안재성에게 조
금이라도 기대했던 내가 순진했다. 앞으로 다시는 안재성과 같은 모둠
이 되지 않을 것이다. 같은 모둠을 시키면 선생님께 말해서 사정을 설
명하고 절대 싫다고 말할 것이다. 안재성과 다시는 얽히지 않겠다고
결심하자 끓어오르던 감정이 조금은 가라앉았다. 시계를 보니 12시가
넘었다. 세 사람이 이미 했어야 할 과제를 혼자 다 해야만 했다. 피곤이
온몸을 집어삼켰다. 졸음이 쏟아졌다. 그렇다고 포기할 수는 없었다.
연구 수련회에 다녀오느라 못 했다는 핑계는 대고 싶지 않았다. 최미
경 선생님이 내 사정을 고려해서 점수를 주면 좋겠지만, 만에 하나 그
렇지 않으면 수행 점수는 0점이다. 그런 위험을 감수하기는 싫었다.

피곤을 짊어지고 졸음을 쫓아내며 빠르게 조사를 했다. PPT에 담을
글을 간추리고, 사진을 편집하고, 링크를 걸 홈페이지와 영상도 찾아
냈다. 자료를 다 준비한 다음 PPT를 편집했다. 찾아야 할 자료가 얼마
안 되고, 편집도 어렵지 않았다. 그냥 몇 번 검색하고 자료 정리만 하
면 되는데 이걸 안 했다니…… 불쑥불쑥 올라오는 짜증, 몸을 내리누
르는 피곤, 눈꺼풀을 짓누르는 졸음과 싸우느라 작업 속도는 더디기만

했다. 학교 수업 시간에 했다면 혼자 하더라도 1시간도 안 걸렸을 텐데 두 배는 더 걸렸다. 다 만들어 놓고 살펴보는데 뭔가 아쉬웠다. 그래서 마지막 쪽에 20초짜리 영상을 편집해서 넣기로 했다. 미리 찾아 놓은 영상을 짜깁기해서 나름 재미있게 편집을 했다. PPT 마지막에 영상을 넣고 다시 보니 확실히 완성도가 높아진 느낌이었다.

시간을 보니 새벽 3시였다. 그냥 자려다가 문득 발표문을 만들어야 겠다는 생각이 들었다. 선생님 앞에서 발표해야 하는데 애들은 내가 만든 PPT 내용을 전혀 모르니 발표를 제대로 못 할 가능성이 있었다. 현지는 나름 조사도 했고 눈치도 빨라서 잘하겠지만, 김기주와 안재성은 발표문을 주지 않으면 아무것도 못 할지도 모른다. 발표문이 있으면 그냥 읽기만 하면 되니 아무래도 발표문을 만들어 놓는 게 좋을 듯했다. 그래서 PPT 한 장 한 장에 맞춰 일일이 발표문을 만들었다. 발표 시간인 5분에 맞추기 위해 한쪽 당 발표할 분량도 세밀하게 조절했다. 문어체가 아니라 구어체로 쓰려다 보니 시간이 오래 걸렸다. 겨우 마무리하고 시간을 보니 새벽 5시 30분이었다. 아무리 늑장을 부려도 7시 30분에는 일어나야 하니 잘잘 시간은 겨우 2시간 남짓이었다. 서둘러 잠자리에 들었다.

사회 수업 시간이 되었다. 몸은 피곤했지만 마음은 더할 나위 없이 가벼웠다. 현지가 조금 과하다 싶을 만큼 나를 띄워 주었다. 김기주도 미안해하며 고마워했다. 안재성은 나를 본 척도 안 했다. 고맙다는 말은 기대도 안 했지만 뻔뻔하게 구는 꼴을 보니 부아가 일었지만, 화를 내 봐야 나만 손해였기에 그냥 모른 척했다. 한 모둠씩 발표를 했는데 수준이 그리 높지 않았다. 아무리 봐도 내가 가장 잘한 듯했다. 우리 모둠은 발표도 아주 훌륭했다. 내가 준비한 발표문을 애들이 또박또박 잘 읽었다. 안재성도 잘 따라 주었다. 마지막 동영상을 본 애들이 '와!' 하면서 감탄했다. 최미경 선생님도 엄지를 치켜세우며 환하게 웃어 주었다. 고생한 보람이 있었다. 선생님 반응을 보니 확실히 A였다. 그런데 우리 다음 모둠이 발표할 때 안재성이 장난을 치다가 최미경 선생님께 걸리고 말았다.

"안재성! 자기 발표도 중요하지만 다른 모둠이 발표할 때 잘 듣는 게 무엇보다 중요하다고 선생님이 몇 번이나 강조했니? 안재성, 5모둠이지? 모둠 점수 감점."

아닌 밤중에 날벼락이었다. 마지막 모둠이 발표를 마치면 모든 게 잘 끝나는데 그걸 못 참고 장난을 치다니…… 그 고생을 했는데……. 대충 발표를 한 모둠도 B를 받았는데…… 가장 뛰어난 자료를 만든 내가 B를 맞다니……, 일어나서는 안 되는 일이었다. 지난번에도 B였는데 이러다 사회 수행을 모조리 망칠지도 모른다는 불안감이 엄습했다.

"안재성, 너 도대체 왜 그랬는데?"

"내가 뭘? 쌤이 이상한 거지."

"내가 얼마나 고생했는데 너 때문에 B를 맞을지도 모르잖아."

"B 갖고 왜 그래? 나는 빵점 맞아도 괜찮아."

안재성은 또다시 막무가내였다. 나는 얼굴을 감싸 쥐며 분을 속으로 삭였다. 현지가 내 등을 말없이 두드려 주었다.

"동료평가 용지를 나눠줄 테니, 각자 모둠원 이름을 쓰고 점수를 표시해."

현지가 동료평가 용지를 받아와서 나눠주었다. 또다시 눈치 게임을 벌여야 한다. 서로 눈치를 보며 점수를 주는 이런 동료평가는 왜 하는지 모르겠다. 불성실하게 해도 내가 불이익을 받을까 봐 점수를 낮게 주지도 못한다. 상대는 높게 줬는데 나만 낮게 주면 서로 얼굴을 붉히기 십상이다. 나는 송현지, 김기주, 안재성 이름을 적었다. 그러고는 현지와 김기주에게는 5점을 주었다. 물론 기여한 만큼, 노력한 만큼 점수를 주자면 현지와 김기주는 3점도 많은 점수다. 안재성에게는 최하점인 1점에 표시하려다 안재성 눈치가 보여서 꾹 참고 억지로 5점에 표시했다. 내가 낮게 주면 안재성도 낮게 줄 가능성이 있기 때문이었다.

점수를 다 표시하고 다른 애들은 어떻게 점수를 주나 살피는데 현지와 김기주는 이미 표시를 끝내서 나에게 몇 점을 줬는지 알 수가 없었다. 현지야 당연히 나에게 5점을 주었을 테고, 김기주도 양심이 있으면 내게 최고점을 주었을 것이다. 그런데 안재성은 보란 듯이 평가 용지를 보여 주면서 나에게 1점을 주는 게 아닌가! 현지와 김기주 점수는 5점인데 나만 1점이었다. 이런 말도 안 되는……! 나는…… 5점을 줬는데……. 부들부들 떨렸다.

"야! 너! 이……."

말도 제대로 안 나왔다.

"너 미쳤어? 어떻게 나한테……."

"조금 전에 나 구박했잖아. 동료에 대한 배려심 부족."

"뭐?"

"동료평가 점수는 내 맘이잖아."

안재성은 다른 애들 동료평가 용지를 확 잡아채듯이 가져가더니 성 큼성큼 걸어가서 선생님께 내고 왔다.

고생은 고생대로 하고 점수는 점수대로 깎이다니……. 억울해서 눈물이 나려는 걸 겨우 참았다. 안재성 앞에서는 눈물을 보이기 싫었다. 쉬는 시간이 되면 안재성에게 욕이라도 해 주려고 했는데 안재성은 수업이 끝나자마자 사라져 버렸다. 안재성이 안 보이자 참았던 눈물이 쏟아졌다. 책상에 엎드려서 펑펑 울었다. 모든 사정을 아는 현지가 내 어깨를 감싸며 위로해 주었지만 전혀 위로가 되지 않았다.

그때 이태경이 잘난 척하며 지나가는 소리가 들렸다. 이태경은 나와 똑같이 자연과학부 연구 수련회에 참여하느라 이번 수행평가에서 아무 역할도 안 했다. 그럼에도 이태경은 다른 모둠원들 덕분에 A를 받았다. 누구는 잠도 못 자며 고생해도 A를 못 받는데, 누구는 아무것도 안하고 A를 받다니……. 참을 수 없었다. 더는 참기 어려웠다. 이런 어처구니없는 일이 거듭 일어날 거라고 생각하니 끔찍했다. 노력을 보상받지 못하고, 무임승차가 보상을 받는 이런 수행평가는 옳지 않다. 불공평할 뿐 아니라 불공정하다. 이대로 계속 억울하게 당하기 싫었다. 뭐라도 해야만 했다. 눈물을 닦고 이를 악물었다.

여자는 남자보다 힘이 세다

이태경

　내 죽마고우인 권우현은 임현석을 아주 싫어한다. 남학생들끼리 흔히 하는 여학생 얼굴 평가조차도 인권 침해라면서 비판하는 우현이가 툭하면 여성 비하를 일삼는 임현석을 싫어하는 거야 당연했다. 처음에는 나도 멋모르고 임현석과 어울리기도 했지만 우현이 영향을 받으면서 점점 임현석을 멀리했다. 어쩔 수 없는 경우가 아니면 되도록 임현석과 말도 섞지 않았다. 그런데 체육 시간에 불공평한 일을 당하고 보니 임현석이 하는 말이 다르게 다가왔다. 물론 임현석이 여자를 비하하며 내뱉는 말에는 티끌만큼도 동의하지 않는다. 그렇지만 불공평에 관한 불만은 임현석과 내 생각이 일치했다.

　내가 남자로서 불공평함을 느낀 경험은 체육 시간 높이뛰기가 처음은 아니다. 중학교뿐 아니라 초등학교 다닐 때도 여러 번 경험했는데 초등 5학년 때 겪은 사건은 아직도 생생하게 기억난다. 막 5학년에 올라간 3월이었는데 담임 선생님은 배고픈 우리들을 위해서 종종 간식을 사 주었다. 어릴 때 다 그렇듯이 먹을거리를 주면 참 좋아한다. 날마다 선생님이 간식을 챙겨 주었기에 다들 선생님을 좋아했다. 그런데 가만히 보니 간식을 받을 때마다 늘 여학생들이 먼저였다. 선생님이 일부러 그랬는지, 아니면 별 의도 없이 습관처럼 그랬는지는 모르겠다. 먹는 욕심이 많은 나는 잠깐 기다리는 그 시간이 괴로웠다. 하루는 여학생들이 먼저 받았다면, 다음 날은 남학생들이 먼저 받는 게 공평하다는 생각이 들었다. 간식을 받으면 좋지만 기다리는 시간이 점점 괴롭던 나는 더는 참지 못하고, 결국 선생님에게 질문을 하고 말았다.

"선생님! 왜 꼭 여학생들만 간식을 먼저 받아야 하죠?"

나는 당당하게 손을 들고 선생님에게 질문했다.

여학생들에게 간식을 건네던 선생님 손이 정지 화면처럼 움직이지 않았다. 선생님은 내 질문에 적당한 답을 못 찾은 듯했다. 어쩌면 선생님은 여학생들에게만 먼저 간식을 주었다는 사실조차 전혀 알아차리지 못하다가 내 질문을 받고 처음으로 깨달았는지도 모르겠다. 나는 선생님이 당황하는 모습을 보고 아주 기분이 좋았다.

여학생들도 내 말에 아무 대꾸를 못 했다. 남학생들보다 먼저 간식을 받으려고 줄을 섰던 여학생들도 선생님처럼 정지 화면이 되었다. 선생님과 여학생들 반응을 본 나는 내 문제 제기가 아주 적절했다고 확신했다. 앞으로는 선생님이 공평하게 간식을 나눠주리라 믿었다.

안타깝게도 내 예상은 빗나갔다.

"어떻게 남자가 돼서 여자를 배려할 생각도 안 해?"

누가 그런 말을 처음 했는지는 모르겠다. 같은 반 여학생들을 다 아는데, 그 목소리 주인공이 누군지는 알아차리지 못했다. 아무튼 그 말이 방아쇠가 되었다. 정지 화면처럼 가만히 있던 여학생들 사이에서 갑자기 나를 공격하는 말들이 쏟아져 나왔다.

"그러게. 배려심이 없어."

"레이디퍼스트도 모르나 봐."

"배려도 못 하는데 연애는 하겠어?"

"고백한다고 어떤 여자가 받아 주겠냐?"

"인내심이 없어, 인내심이."

"그러게. 몇 초도 못 기다리나 봐."

"저래서 무슨……."

여자애들이 한꺼번에 그런 말을 쏟아 냈고, 나로서는 열다섯 명이나 되는 여학생들을 한꺼번에 상대할 자신이 없었다. 다른 남자애들은 입을 꾹 다물고 아무 말도 안 했다. 그 순간에는 아무도 내 편이 아니었다.

나는 정신이 혼란스럽고 눈앞이 깜깜해졌다. 내가 뭘 잘못 생각한 걸까? 남학생과 여학생이 교대로 간식을 받아야 한다는 내 의견이 그렇게 큰 잘못일까? 하소연할 때도 없고, 반박할 논리도 떠오르지 않았다. 나는 재빨리 꼬리를 내렸다.

"제가 잘못 생각했습니다."

그날은 그렇게 먹고 싶던 간식을 받지 않았다. 도저히 간식을 받으러 나갈 용기가 생기지 않았다. 다행히 그 뒤로 아무도 그 일을 언급하지 않았지만 내게는 큰 상처가 되었다. 장난치기 좋아하고 남들 앞에서 웃긴 얘기를 즐기는 나였지만, 한동안 남들 앞에 나서는 걸 피할 정도였다.

지나간 일이지만 다시 떠올리니 참 억울했다. 아무리 따져 봐도 내가 배려심이 부족하다는 지적은 타당하지 않았다. 그때 배려심을 처음 언급한 애가 누군지 알기만 한다면 이제라도 제대로 따지고 싶다.

그 사건을 겪은 뒤로 양성평등 교육을 받을 때면 괜히 반감부터 들었다. 분명히 양성평등 교육인데 가만히 교육을 듣다 보면 여자를 차별하지 말라는 말이 훨씬 많이 들렸다. 물론 여자들이 차별받는 현실이 오랜 역사 동안 지속되어 왔으니 그걸 강조하는 거야 이해는 한다. 그렇지만 요즘 학교에서는 남자가 차별받는 상황도 꽤 된다. 꼭 여성만 피해자에 약자로 취급하는 교육에 거부감이 든다. 여학생과 남학생이 다투면 거의 대다수 선생님들은 남학생이 더 잘못했다고 판단한다. 여학생이 먼저 잘못을 저지른 경우도 많은데 말이다. 여자 선생님들은 여자라서 여학생들 편을 더 들고, 남자 선생님들은 여학생이 약자라고 여학생 편을 더 든다. 이래저래 남학생만 차별을 받는다. 사회는 어떤지 모르지만, 학교는 확실히 남자가 더 차별을 받는다.

집도 학교와 크게 다르지 않다. 다른 집은 모르겠지만 우리 집에서는 엄마가 대장이다. 엄마가 한마디만 하면 아빠는 바로 찌그러진다. 어릴 때는 가끔 아빠가 목소리를 높이기도 했는데 어느 때부터 아빠가 엄마에게 맞서는 모습이 사라져 버렸다. 날이 갈수록 엄마는 점점 힘이 세졌고, 아빠는 점점 힘이 약해졌다. 터놓고 말하면 나는 아빠가 우리 집에서 힘이 더 세면 좋겠다. 아빠 성향이 내게 더 잘 맞기 때문이다. 아빠는 엄마와 달리 내가 뭘 하든 크게 간섭을 안 한다. 아빠는 내가 큰 잘못을 했을 때만 크게 꾸짖는다. 그래서 아빠가 야단을 치면 나는 제대로 반성을 한다. 엄마는 작은 잘못이든 큰 잘못이든 구분하지 않고 늘 야단을 치기 때문에 엄마 말은 거의 다 잔소리로만 들린다. 엄마 앞에서는 잘못했다고 말은 하지만 행동은 바뀌지 않는다. 그렇다고 엄마를 싫어하지는 않는다. 다만 아빠가 나와 더 잘 맞으니 엄마보다 아빠가 우리 집에서 더 힘이 세지길 바랄 뿐이다.

학교에서도 여자애들이 더 힘이 세다. 1학년 때는 남학생들이 여학생보다 약하다는 생각이 들지 않았는데 2학년이 되니 확실히 주도권이 여학생들에게 넘어갔다. 일단 여학생들은 외모부터 강해 보인다. 1학년 때는 맨얼굴이 더 많았는데 2학년이 되자 맨얼굴인 여학생을 찾기 어려웠다. 그래서 아침 조회 때나 체육 수업이 끝난 뒤에 보면 누가 누군지 잘 못 알아볼 때가 많다. 생전 처음 보는 얼굴이 우리 반에 돌아다녀서 깜짝 놀란 적도 있다. 심지어 같은 여학생끼리도 서로 몰라보기도 한다. 아무튼, 진하게 화장을 한 여학생들을 보면 일단 주눅이 든다. 훨씬 나이들어 보이고 뭔지 모르게 강해 보인다.

무엇보다 여자애들이 강해 보이는 까닭은 무리 짓기 탓이다. 여자애들은 거의 대부분 무리를 지어 다니는데, 작게는 세 명에서 많게는 일고여덟 명이 함께 다닌다. 여자애 한 명을 건드리면 그 무리 전체가 달려든다. 내가 1학년 때 박채원과 심하게 다퉜을 때도 박채원과 같이 다니는 이예나, 이승연 등이 뭉쳐서 나를 공격해서 무척 버거웠다. 특히 이예나는 운동도 잘하고 말발도 장난이 아니어서 조금 무섭기까지 했다. 지금 우리 반에서 가장 여자애들이 싫어하는 남학생은 임현석, 안재성, 조영호다. 여성 혐오주의자인 임현석이야 나도 가까이 하기 싫다. 안재성은 밑도 끝도 없이 막무가내로 나가는 경우가 많아서 여학생들이 싫어할 만하다. 그렇지만 조영호는 꽤 괜찮은 성격인데도 여학생들에게 찍혀서 늘 괴롭힘을 당한다. 조영호가 가만히 앉아서 숙제를 하고 있으면 여자애들 무리가 몰려들어서 막 떠들다가 괜히 조영호를 구박한다.

"눈치가 있으면 비켜 줘야지."

"꼴에 숙제는……."

"잘하지도 못하면서……."

"너 관종이냐? 계속 있게?"

뭐 이런 식으로 계속 구박을 한다. 끝까지 안 비키면 툭툭 때리기도 한다. 묵묵히 버티다가도 몇 대 맞으면 더는 견디지 못하고 피한다. 하루에 두세 번, 쉬는 시간마다 이런 일을 겪는다. 자기 자리에서 편히 쉬지도 못하고, 숙제조차 하지 못하는 조영호가 참 안됐지만 남자들 가운데 아무도 도와주려고 나서지 않는다. 괜히 조영호 편을 들었다가는 몰려든 여학생들 모두를 상대해야 하기 때문이다.

이렇게 강한 여자애들이 별로 무섭지도 않은 영화를 볼 때면 무서운 척 엄청 크게 소리를 지른다. 영화 속 귀신이 아니라 여자애들이 질러 대는 소리 때문에 더 놀란다. 누가 실수로 교실 전등을 껐을 때 그리 어두워지지 않았는데도 여자애들 거의 대부분이 귀신이라도 본 듯이 소리를 질러서 황당했던 적도 있다. 이런 경우에는 다 같이 약해 보이기로 미리 약속이라도 한 걸까? 배려를 받으려고 일부러 약해 보이는 걸까? 참으로 알 수 없는 노릇이다.

여자애들이 참 이상하고 남자들이 오직 남자라는 이유로 불공평한 취급을 당한다는 생각이 점점 강해졌지만, 괜히 말했다가 임현석과 같은 부류로 취급당하기 싫어서 겉으로 드러내지는 않았다. 별 시시콜콜한 얘기를 다 주고받는 죽마고우 우현이에게도 아무런 내색을 하지 않았다. 그냥 혼자 속으로 삭였다. 그러다 누가 봐도 불공평한 사건을 겪은 뒤, 마침내 내 인내심이 바닥나고 말았다.

역시 체육 시간이었고, 농구로 하는 평가였다. 농구는 키가 크고 날렵해야 잘하는데, 나는 키도 큰 편이 아니고 약간 통통해서 순발력도 떨어진다. 그래서 나는 농구를 좋아하지 않는다. 아무튼 그런 농구로 평가를 하는 시간이었다. 평가 방식은 아주 단순했다. 일정한 거리에서 공을 던져서 골대에 넣기만 하면 되는 평가였다. 점수는 1차 시기에 성공하면 A, 2차 시기에 성공하면 B를 주는 방식이었다. 그런데 김정현 체육 선생님은 또다시 남학생에게 불공평한 평가 방식을 시행했다. 일단 여학생은 남학생보다 더 가까운 곳에서 던졌다. 남학생은 골대에서 2m 떨어진 곳에서 던지는 데 반해 여학생은 그 절반인 1m였다.

던지는 거리에만 차이를 두고 나머지는 동등한 기준이었다면 불만이 생기지 않았다. 그 정도 차이는 두어도 된다고 생각하기 때문이다. 그런데 김정현 선생님은 여학생들에게 던질 기회도 더 많이 주었다. 남학생은 각 도전 시기마다 2회밖에 못 던지는데 여학생은 3회나 던지도록 했다. 2번과 3번은 단순히 기회가 많고 적은 차이만은 아니다. 첫 번째, 두 번째 도전을 할 때 성공할 확률에도 영향을 끼친다. 첫 번째 시도를 생각해 보자. 한 번 실패하면 곧바로 마지막 기회로 내몰리는 상황과 아직도 두 번이나 남은 상황은 아무래도 긴장감이 다를 수밖에 없다. 긴장이 올라가면 실패 확률도 올라간다. 두 번째 도전 상황에서 받는 긴장감 차이는 더 크다. 두 번째 시도가 마지막 기회인데 얼마나 긴장이 되겠는가? 이와 같은 이유로 도전 횟수에 차이를 둔 평가 방식에 불만이긴 했지만 내 인내심을 무너뜨릴 정도는 아니었다. 만약 김정현 선생님이 또 다른 혜택을 여학생들에게 주지 않았다면 불만을 속으로 삭이기만 하고 밖으로 내뱉지는 않을 생각이었다.

김정현 선생님은 두 가지 혜택으로도 모자라 차원이 다른 혜택을 여학생들에게 주었다. 그 혜택은 바로 높이였다. 남학생들은 맨 바닥에서 공을 던지는데 여학생들은 높이 50cm나 되는 발판 위에 올라가서 던지도록 했다. 발판 위에 올라서니 여학생들은 모두 거인이 되었다. 거리도 가깝고 높이도 높으니 키가 작은 여학생들도 손을 뻗으면 골대에 거의 닿을 듯했다. 실패하려고 해도 실패하기 어려운 조건이었다.

높이와 거리, 도전 횟수까지 삼중으로 주어진 혜택은 아무리 너그럽게 따져 봐도 지나쳤다. 심하게 불공평한 평가 기준이었기에 김정현 선생님에게 평가 기준에 대한 설명을 들은 남자애들은 대부분 불만이 가득했고, 몇몇은 투덜거리기도 했다. 그렇지만 아무도 나서서 김정현 선생님에게 항의하지 않았다. 이런 상황이 생기면 물불 안 가리고 달려드는 임현석조차 나서지 않았다. 심지어 임현석은 싱글벙글 웃기까지 했다. 여느 때 같으면 그냥 그러나 보다 했겠지만 임현석이 하는 꼴이 납득이 안 되고, 화도 많이 나서 임현석에게 일부러 다가가 물었다.

"야! 좀 지나치지 않냐?"

"뭐가?"

임현석은 시큰둥하게 대꾸했다.

"평가 방식 말이야."

"그게 뭐?"

임현석은 여전히 영문을 모르겠다는 투였다.

"체육 쌤이 여학생들에게 삼중으로 혜택을 주었잖아."

"난 또……. 그래 봤자 우리도 2m인데 뭘."

그러더니 제 손에 들어온 공을 부드럽게 몇 번 튕기더니 훌쩍 뛰며 공을 던졌다. 공을 던지는 자세가 마치 선수 같았다. 골대에서 꽤나 먼

거리였는데 공은 멋지게 포물선을 그리며 날아갔고, 아주 깨끗하게 골대 안으로 빨려 들어갔다. 곧바로 임현석은 조영호가 든 공을 빼앗더니 현란하게 공을 튕기면서 골대 앞으로 뛰어가서 공을 골대에 집어넣었다. 농구공을 들면 어색해서 어쩔 줄 모르는 나와는 차원이 다른 솜씨였다. 그제야 나는 임현석이 왜 아무런 항의를 안 하는지 헤아렸다. 농구를 잘하는 임현석에게 2m 거리에 도전 기회 두 번이라는 평가 조건은 이미 큰 혜택이었다. 농구를 못하는 나 같은 남학생에게나 2m가 멀게 다가오고, 두 번 만에 성공해야 한다는 조건이 부담으로 다가올 뿐이었다.

임현석은 선생님에게 따질 생각이 없었다. 불공평하다고 느끼지도 않았다. 임현석이 그리 나오니 괜히 오기가 생겼다. 차별이 더 크게 다가왔고 도저히 넘어가면 안 된다는 확신이 들었다. 나는 김정현 선생님에게 가서 따졌다.

"쌤, 불공평해요."

"뭐가?"

김정현 선생님은 여학생들을 위한 발판을 발로 툭툭 차더니 내 쪽으로 고개를 돌렸다.

"여학생들에게 삼중으로 혜택을 주신 거요."

"그게 뭐가 어때서?"

김정현 선생님은 목에 건 호루라기를 오른손으로 잡았다.

"거리에 횟수에 높이까지……. 너무하잖아요."

"여자애들이 농구를 잘 못해서 그렇게 한 건데 뭐가 너무해."

호루라기가 입에 거의 닿을 듯 말 듯 했다.

"이예나와 송현지를 보세요. 엄청 잘하잖아요."

"걔네야 원래 잘하는 애들이고."

"남자애들도 못하는 애들 많아요."

"원래 잘하는 애들도 있고 못하는 애들도 있어. 그러니까 평가를 하지."

선생님은 말이 통하지 않았다. 점점 내 목소리가 커졌다.

"아무튼 삼중 혜택은 불공평해요."

"남학생도 겨우 2m 앞에서 던지는 거야. 그 정도면 공평해."

선생님은 호루라기를 입으로 물었다.

"하나나 두 개면 몰라도 혜택을 세 개나 주는……."

삐이익----.

선생님은 더는 내 말을 듣지 않고 호루라기를 크게 불었다.

"연습은 그만하고 이제 모여라!"

선생님이 크게 소리쳤다.

애들은 연습하던 농구공을 바구니에 넣고 선생님 둘레로 모여들었다. 선생님은 애들을 통솔하며 더는 나에게 눈길조차 주지 않았다. 시험은 거침없이 이루어졌고 곧바로 내 차례가 다가왔다. 체육 부장인 박준형이 나에게 농구공을 건넸다. 농구공을 받아든 손이 무척 어색했다. 이럴 줄 알았으면 선생님에게 따질 시간에 공을 한 번이라도 던져볼 걸 하는 후회가 들었다. 공을 만지작거리며 감각을 익혔다. 내 앞에 있던 임현석이 성큼성큼 걸어가더니, 조금도 머뭇거리지 않고 공을 던졌다. 임현석 손에서 벗어난 공은 포물선을 그리며 날아가 둥근 테두리를 건드리지도 않고 그물 안으로 떨어졌다. 농구공이 그물을 치면서 내는 경쾌한 소리가 들렸다.

"임현석 A! 다음 박채원!"

농구공을 든 박채원이 발판 위에 섰다. 골대 1m 앞, 발판 위에 서서 손을 뻗으니 골대가 바로 앞이었다. 박채원은 골대를 가만히 노려보더니 공을 던졌다. 공은 골대에 두세 번 퉁기더니 바닥으로 떨어졌다. 실패였다. 두 번째 던진 공도 골대를 맞고 떨어졌다. 역시 실패였다. 이대로 세 번 연속 실패하기를 간절히 빌었다. 박채원 콧대가 확 꺾이는 꼴을 보고 싶었다. 그러나 세 번째 던진 공은 골대 위에서 통통 세 번 뛰다가 골대 안으로 들어가 버렸다.

박채원은 발판에서 내려 와서는 팡팡 뛰며 좋아했다. 공을 건네준 이예나와 두 손바닥까지 마주치며 즐거워했다. 박채원이 기뻐하는 만큼 내 속은 짜증이 차올랐다. 내가 저 발판 위에 올라간다면 세 번이 아니라 단번에 성공할 자신이 있었다. 골대가 저렇게 가까운데 세 번씩이나 던져서 겨우 성공하다니 한심해 보였다. 한심스러운 실력이었지만 어쨌든 김정현 선생님이 정한 기준에 따르면 A였다.

"박채원 A! 다음 이태경!"

나는 공을 든 채 앞으로 걸어 나갔다. 흰색 선 앞에 서서 호흡을 가다듬었다.

"빨리 던져!"

김정현 선생님이 다그쳤다.

공을 던졌다. 공은 직선으로 날아갔다. 골대 아래쪽을 맞고 바닥으로 떨어졌다. 공은 골대 위를 구경도 못 했다. 선생님이 다그친 탓이었다. 박준혁이 또다시 내게 공을 건넸다. 이번에는 신중하게 공을 잡고 거리를 가늠했다. 골대 위로 농구공을 보내기만 하면 들어갈 듯했다. 온 정신을 손에 모았다. 다시 던졌다. 공은 골대 위로 정확히 날아갔다. 공은 골대 위에서 원을 그리며 빙그르르 돌았다. 그대로 골대 안으로 들어갈 듯하더니 누가 손으로 쳐낸 듯이 밖으로 튀어나와 버렸다.

"이태경 1차 시기 실패!"

속이 쓰렸다.

"다음 유정린!"

한 번만 기회를 더 주면 성공할 자신이 있었다. 그러나 내게 더는 기회가 없었다. A를 맞고 아직도 기뻐하는 박채원이 보였다. 왜 내게는 세 번째 기회를 주지 않는 걸까? 왜 나는 발판에 오를 수 없는가? 여학생뿐 아니라 나처럼 운동 못하는 남학생에게도 혜택 하나쯤은 더 주어야 하지 않을까?

다음 도전을 기다리는 내내 이런저런 불만에 머리가 복잡했다. 시간은 금방 흘렀고 2차 시기가 왔다. 두 번째 도전이었기에 조금 익숙했다. 첫 공은 골대에 맞고 곧바로 떨어졌다. 둘째 공은 골대에 두 번 맞고 떨어졌다.

"이태경 2차 시기 실패!"

나도 모르게 입술을 깨물었다.

"다음 신보라!"

신보라가 던진 공은 골대 뒤판 꼭대기에 맞았다. 헛웃음이 나왔다. 손에서 골대 사이 거리가 얼마 되지도 않는데 힘 조절을 못 하는 꼴이 한심했다. 맨날 약한 척하는 신보라인데, 저 힘은 도대체 어디서 나온 건지 모르겠다. 저 힘이면 그냥 남자애들이 던진 곳에서 던져도 충분할 듯했다. 신보라는 세 번째 시도에 성공했다. 신보라처럼 못하는 애도 세 번씩이나 기회를 주니 성공을 해 버렸다. 나보다 훨씬 못하는 신보라가 B를 맞고 좋아하는 꼴을 보니 속이 썩는 듯했다.

3차 시기에는 꼭 성공하고 싶었지만 또다시 실패했다. 4차 시기까지 간 학생은 나와 김기주, 원동찬뿐이었다. 여학생은 단 한 명도 없었다. 4차 시기 두 번째 던진 공이 어렵게 들어갔다. 내 점수는 D였다. 부끄러운 점수였다. 발로 차서 쓰레기통에 버리고 싶은 점수였다. 원동찬은 나와 같이 4차 시기에 성공했고 김기주는 4차 시기에도 실패했다.

수업이 끝나고 교실로 돌아오는 길에 우현이가 나를 위로했지만 위안이 되지 않았다. 남들이 나쁘게 받아들이는 일도 웬만하면 좋게 생각하며 즐겁게 지내는 나지만 그때는 억지로 기분을 바꾸려 해도 바꾸기 어려웠다. 터벅터벅 걸어오는데 여자 탈의실 쪽에서 시끄러운 소리가 들렸다. 체육복을 교복으로 갈아입으며 떠드는 소리인가 보다 하며 지나가려는데, 탈의실 안에서 남자애들 목소리도 들렸다. 탈의실 문도 열려 있었다. 무심코 보는데 아주 익숙한 등이 보였다. 이예나였다. 이예나가 벽을 본 채 서 있는데 박채원이 어디서 나타났는지 튀어오더니 발로 있는 힘껏 이예나 엉덩이를 찼다. 이예나는 몸을 비틀며 신음을 참았다. 뒤에서 지켜보는 애들이 왁자지껄 웃으며 떠들었다.

"생일빵이네."

우현이가 말했다.

익히 아는 생일빵 모습이었다. 생일인 사람이 벽을 보고 서 있으면 축하해 주는 친구들이 있는 힘껏 엉덩이를 차며 생일을 축하해 주는 풍습(!)이다. 만약 맞는 사람이 신음이라도 내면 한 번 더 찬다. 여러 명이 돌아가면서 차는데 가끔 친한 남자애들이 와서 차기도 한다. 이예나는 학교에서 잘나가는 남사애들과 친하기에 남자애들도 와서 생일빵을 해 주는 모양이었다.

여느 때 같으면 아무렇지 않게 지나갔을 풍경이 그때는 매우 다르게 다가왔다. 김정현 체육 선생님이 여학생들에게 삼중으로 혜택을 준 까닭은 삼중으로 혜택을 주어야 할 만큼 여학생들이 남자보다 약하다는 판단 때문일 것이다. 그러나 생일빵을 하며 노는 여자애들을 보면 그 근거에 동의하기 어려웠다. 김정현 선생님도 여학생들이 생일빵을 하며 노는 모습을 본다면 여학생에게만 기울어진 혜택을 다시 생각하게 되지 않을까?

　이미 지나간 일이야 어쩔 수 없더라도 앞으로 더는 불공평함을 참지 않겠노라고 다짐했다. 그러기 위해서는 같은 편을 많이 만들어야 했다. 혼자서 따지면 체육 선생님이 쉽게 무시하겠지만, 여러 명이 같이 따지면 가볍게 무시하지 못하리라 여겼다. 우현이에게는 내 속을 털어 놓지 않았다. 우현이는 나와 둘도 없는 친구지만 이런 일에 끼지 않으리라는 걸 알기 때문이다.

게으름이 보상받으면 안 되죠

박채원

선생님들에게 항의해 봐야 학생들 뜻이 받아들여지는 경우는 극히 드물다. 학교 폭력이 벌어지지 않는 한 수업이나 생활에서 느낀 불만을 제시할 통로는 거의 없다. 사정이 이러하기에 불공평하고 불공정한 수행평가를 더는 참지 않겠다고 결심했지만 딱히 어떻게 해야겠다는 자세한 계획은 세우지 못했다. 단지 마음으로 칼만 갈았다. 그러다 아주 우연한 만남에서 마치 필연처럼 기회가 찾아왔다.

아침에 학교로 가다가 이태경을 만났다. 안 그래도 비호감인 이태경은 지난번 사회 수행평가 때문에 더 비호감이 되었다. 나는 죽도록 고생하고도 B를 받았는데, 이태경은 말 그대로 아무것도 안 하고도 A를 받았다. 이태경이 꼴 보기 싫지만 같은 자연과학부다 보니 내 뜻과 상관없이 가까이 지내야만 한다. 그날도 말을 섞기 싫었지만 자연과학부

실험 과제를 같이 수행하는 중이었기에 대화를 나눌 수밖에 없었다.

"오늘까지 마무리하기로 한 거 했어?"

"대충 뭐……."

이태경이 말꼬리를 흐렸다.

나는 이태경을 잘 안다. 저런 식으로 말하는 걸 보면 거의 안 했다는 뜻이다.

"송윤정 쌤이 오늘 중간 점검한다고 했잖아. 너 또……."

"아, 쫌, 그만해! 나를 그렇게 못 믿냐?"

당연히 나는 이태경을 믿지 않는다.

"이제 알았냐? 나 너 못 믿어."

"헐! 그럼 잘됐네! 네가 다 하셔."

"이번에도 나한테 다 미루냐?"

"내가 뭘 그렇게 미뤘다고?"

"연구 수련회 때……."

"그건 네가 워낙 나서서 내가 양보한 거지."

어처구니없었다. 뒤로 빼면서 게으름 피워 놓고 나 때문이라니, 갑자기 안재성 얼굴이 겹쳐 떠오르면서 화가 치밀었다. 그렇지만 화를 내지는 않았다. 이태경에게 화를 내면 오히려 내가 손해를 보기 때문이다.

"제대로 안 해서 지적받으면 네가 책임질 거야?"

나는 차분하게 이태경을 다그쳤다.

"걱정 마셔! 내가 해야 할 일은 내가 다 알아서 해."

그때 권우현이 나타났다.

"우현아!"

이태경은 권우현을 보자마자 나는 무시하고 권우현에게 뛰어가 버렸다. 권우현은 이태경과 둘도 없는 친구다. 권우현은 우리학교에서 좀처럼 찾아보기 어려운 괜찮은 남자애다. 권우현처럼 좋은 애가 왜 이태경과 친구로 지내는지 모르겠다.

권우현과 낄낄거리며 가는 이태경 뒷모습을 보니 한숨이 나왔다. 교과목 수행에서도 툭하면 혼자 모든 걸 책임지는 상황에 몰리는데, 자연과학부 활동조차 혼자 감당해야만 하는 내 처지가 불쌍했다. 갑자기 모든 게 지겨워졌다. 다 때려치우고 싶었다.

"너, 어디 아프니?"

강정아였다.

"아… 아… 아니."

강정아와 말을 제대로 섞어 본 적이 없기 때문에 조금 당황해서 말이 더듬더듬 나왔다.

"얼굴이 안 좋아 보이는데……."

강정아는 늘 세고 거친 인상이었는데 부드럽게 다가오니 무척 낯설었다.

"그냥……."

그때 이태경이 깔깔거리며 큰 소리로 웃는 소리가 들렸다. 권우현과 대화를 나누다 뭐가 그리 재미있는지 길거리가 떠나갈 듯 웃었다. 나는 속이 타들어 가는데 내 속을 새카맣게 만든 이태경이 즐거워하는 꼴을 보니 억울함이 치솟았다.

"이태경 때문에."

내 시선은 이태경 뒤통수를 따라갔다.

"이태경이 왜?"

강정아도 이태경을 향해 눈길을 돌렸다.

앞서도 말했지만 나는 그리 강정아를 좋아하지 않는다. 다른 때 같았다면 강정아가 나에게 친근하게 굴어도 서둘러 밀어냈겠지만, 그때는 내 억울함을 누구에게라도 털어놓고 싶었다.

"나한테 다 떠넘기고 아무것도 안 하려고 해서……."

"알 만하네. 또 무책임하게 굴었구나!"

내가 자세히 말하지 않았음에도 강정아는 내 사정을 다 안다는 듯이 말했다. 말에서 공감과 위로가 느껴졌다.

"안 그래도 안재성 때문에 속상해 죽겠는데, 이태경까지 저러니……."

강정아를 꺼리던 경계심이 흔들리면서 나는 속상함을 있는 그대로 드러냈다. 내 말을 들은 강정아가 팔짱을 끼고 눈살을 찌푸리며 고개를 끄덕였다. 강정아에게서 강인한 기운이 풍겼다.

"안재성 그 쓰레기랑 뭔 일 있었어?"

쓰레기란 말이 통쾌했다. 속으로만 욕하고 겉으로는 표현을 못 했는데 강정아가 시원하게 욕을 해 주니 카타르시스마저 느껴졌다.

"지난번 사회 수행 과제 때……."

안재성이 수행평가를 할 때 어떻게 나를 괴롭혔고, 내가 얼마나 억울하게 피해를 입었는지 생생하게 설명했다.

"재활용도 못 할 쓰레기네."

강정아가 고개를 절래절래 흔들었다.

"안재성 같은 애랑은 다시는 수행평가 하기 싫어."

"맞아! 나도 그런 쓰레기 같은 애들이랑 수행평가를 모둠으로 할 때면 미치겠어."

"아무것도 안 하면서 점수는 나랑 똑같이 받고."

"차라리 아무것도 안 하면 다행이지. 툭하면 방해야. 그래 놓고 자기 잘못은 없대."

"맞아! 맞아! 안재성이 그랬어."

뜻밖에도 강정아와 나는 죽이 아주 잘 맞았다. 강정아와 이렇게 잘 통하는 면이 있을 줄은 미처 몰랐다. 앞으로 강정아와 가깝게 지내도 괜찮겠다는 생각이 들었다.

"채원아!"

이예나였다.

"둘이 친한 사이였나?"

이예나는 내 절친한 친구지만 강정아와도 가깝게 지낸다. 이예나는 사교성이 좋아서 우리 반 거의 모든 여자애들과 허물없이 지내고, 심지어 학교에서 잘나가는 남자애들과도 친하다.

이예나가 내 팔짱을 끼더니 장난기 넘치는 표정을 지었다. 그러다 나와 강정아 얼굴을 살피더니 큰 눈동자를 이리저리 굴렸다.

"분위기가 심각한데에~ 무슨 얘기 하고 있었어?"

"내가 늘 말했잖아. 수행평가는 정말 불공평하다고."

"아! 그거."

이예나는 내가 수행평가 때문에 속상해하는 걸 누구보다 잘 알기에 금방 알아들었다.

"나도 몇 번 덤터기를 썼지. 무임승차하는 애들은 딱 질색이야."

"그니까!"

역시 이예나와는 마음이 잘 맞았다.

"게으른 사람과 열심히 하는 사람이랑 섞어 놓으면 열심히 하는 사람만 손해 보는데 도대체 왜 그딴 식으로 하는지 몰라."

강정아가 핵심을 정확히 짚었다.

그때 유정린과 임나은이 지나가다 우리 대화에 끼어들었다. 유정린과 임나은도 모둠 수행평을 하면서 억울한 일을 여러 번 겪었다고 털어놓았다. 우리는 같은 억울함을 공유하는 피해자들이었다. 나만 당하는 일이 아니었다.

"수행을 왜 모둠으로 하는지 몰라."

"맞아 맞아. 어차피 모둠으로 줘도 하는 사람만 하잖아. 그럴 거면 그냥 개별로 하는 게 훨씬 나아."

“협동심을 길러야 한다잖아.”

“협동심은커녕 갈등만 생기는데 뭘.”

“수준이 맞아야 갈등이 안 생기지. 덤터기도 안 쓰고.”

“완전 동감! 학원에서도 수준을 나누잖아.”

“맞아. 학원에서는 수준을 나누니 수업 효율이 훨씬 좋잖아.”

“학교에서는 왜 안 나누나 몰라.”

“수업이야 어쩔 수 없다 해도 수행평가 때만이라도 수준을 나눠야 지. 그래야 무임승차도 없고.”

“맞아, 그래야 공정하지.”

같은 경험, 같은 생각을 하는 사람이 많다는 사실은 내게 큰 위로가 되었다. 대화를 통해 공정한 수행평가를 위한 대안이 무엇인지 알게 된 점도 좋았다. 그동안 모둠 수행평가에 불만이 많았지만, 어떻게 개 선해 달라고 요구할지는 불분명했다. 개선책이 없는 비판은 불평불만 에 그칠 뿐이다. 대안이 명확하면 선생님들에게 요구하기도 쉬워진다. 이렇게 마음이 맞는 친구들과 함께라면 뭐든 시도해 봐도 괜찮겠다는 생각이 들었다.

“쌤들은 이런 거 모를까?”

“알기는 하겠지.”

“아는데 그래? 내가 전에 안재성이 모둠 과제에 참여 안 한다고 말 했더니 사회 쌤이 뭐래는 줄 알아?”

“……?”

"나한테 리더십이 없대."

"그게 말이 돼? 안 하려는 꼴통을 뭔 수로 설득해?"

"그러니까 말이야."

"쌤들은 우리 사정을 몰라."

"우리가 하는 말을 귀담아들을 생각도 별로 안 하지."

"아무래도 쌤들에게 강하게 말해야겠어."

"그래, 그래! 우리 다섯이 힘을 합쳐서 요구하면 쌤도 무시하지 못할 거야."

"기회가 생기면 뭉쳐서 움직이자!"

우리는 같이 손을 맞잡았다. 무슨 대단한 결사체라도 만든 기분이었다.

"야, 애들아. 늦었어!"

시간을 확인한 임나은이 화들짝 놀라며 말했다.

까딱 잘못하면 지각할 시간이었다. 우리는 있는 힘껏 뛰었다. 교문을 지나고, 현관을 통과한 뒤 실내화로 갈아 신었다. 우리 반은 4층이다. 이제껏 뛰어왔는데 또 4층까지 뛰어가려니 숨이 벅찼다. 그때 승강기가 눈에 들어왔다. 승강기 앞에는 목발을 짚은 학생이 서 있었다.

"애들아, 승강기 타고 가자!"

우리는 재빨리 승강기 쪽으로 달렸다. 승강기는 4층 위치에 있었고, 위쪽으로 가는 단추에 불이 들어와 있었다. 내려오기를 기다리는데 승강기는 4층에 머문 채 좀처럼 내려올 기미가 보이지 않았다. 시계를 확인했다. 시간이 촉박했다. 목발을 짚고 있던 학생도 초조한 듯 승강기 문 위로 보이는 '4'라는 숫자를 뚫어지게 보았다. 깁스를 하지도 않았는데 목발을 짚고 있었다. 자세히 보니 오른쪽 다리가 조금 불편해 보였다.

"왜 안 내려오지?"

"이러다 늦겠어."

"뛰자!"

더는 기다릴 수 없었다. 예나가 먼저 계단을 향해 뛰었고, 다른 애들이 곧바로 뒤를 따랐다. 나는 뛰기 싫어서 다시 한번 승강기 문 위에 찍힌 숫자를 보았다. 4라는 숫자는 올무에라도 걸린 듯 꼼짝도 안 했다. 4층까지 뛰어가야만 했다. 뛰기 직전 목발을 짚은 학생을 힐끗 봤는데 나와 눈이 마주쳤다. 아주 잠깐이었지만 눈빛에서 알 수 없는 슬픔이 느껴졌다. 어쩌면 부러움이었는지도 모르겠다. 그 슬픔에 어떤 사연이 깃들었는지, 부러움에 어떤 의미가 담겼는지 숙고해 보고 싶었지만 헐떡거리는 숨소리가 내 생각을 방해했다.

4층까지 힘들게 뛰어올라 잠시 숨을 고를 틈도 없이 교실로 뛰었다. 승강기 앞을 지나는데 책 여러 묶음이 쌓여 있었다. 승강기 안에도 여전히 책이 한가득이었다. 1층에서 승강기가 내려오기만 기다리는 이름 모를 학생이 떠올랐다. 아저씨들에게 1층에 기다리는 장애 학생이 있다고 말해 주려는데 교실 문으로 들어간 임나은이 내게 빨리 오라고 손짓하는 게 보였다. 지각을 하면 안 되기에 아저씨들에게 아무 말도 못 하고 교실로 뛰어갔다. 지각은 간신히 면했다.

　우리 결심을 행동으로 옮기게 만든 사건은 바로 그날 일어났다. 역시나 최미경 선생님 수업이었다. 2인 1조로 짝을 지었는데, 같은 짝과 일주일 동안 사회 수업 내내 같이 수행을 해야만 했다. 문제는 맺어진 짝이었다. 강정아는 상극인 임현석과 같은 짝이 되었다. 선생님은 도대체 무슨 생각으로 둘을 같이 묶었는지 모르겠다. 둘은 사사건건 싸울 게 뻔한데 말이다. 우리 반에서 공부를 가장 잘하는 유정린은 잘하는 것도 잘할 의지도 없는 조영호와 짝이 되었다. 게으르고 무기력한 조영호와 같이 하면서 유정린이 어떤 고생을 할지 눈에 선했다. 임나은은 맨날 아픈 김기주와 짝이 되었다. 김기주가 아프다고 하면 어쩔 수 없이 모든 짐을 떠안아야 한다. 싫은 내색을 좀처럼 못 하는 임나은에게는 가장 나쁜 짝이었다. 예나는 내가 가장 싫어하는 안재성과 짝이 되었다. 쓰레기 안재성과 짝이 되다니, 예나가 불쌍했다. 나는 원동찬과 짝이 되었다. 다른 애들보다는 그나마 낫지만 원동찬이 어떤 집착을 보일지 몰라 걱정이었다.

　우리는 쉬는 시간에 긴급 모임을 열었다.

　"그나마 괜찮은 남자애들도 있는데, 왜 모조리 이상한 애들하고만 짝이 된 거야."

　"아무래도 쌤이 의도한 듯해."

　"일부러 그랬단 말이야?"

"당연하잖아? 못하는 애들끼리 모아 놓으면 아예 안 해 버릴 테니, 열심히 하는 우리들과 안 하는 남자애들을 묶은 거지."

"미치겠네, 정말."

더 심한 말도 나왔지만 이곳에 옮기지는 않겠다.

아무튼 우리는 고생길이 훤한 모둠을 받아들이지 않기로 했다. 아침에 한 결의를 실천에 옮기기로 의기투합했다. 우리는 맛있는 급식도 포기하고 교무실로 최미경 선생님을 찾아갔다. 점심을 먹으러 교무실을 나가려던 최미경 선생님은 다섯 명이 결의에 찬 모습으로 면담을 신청하자 떨떠름한 표정을 지으며 우리를 상담실로 데리고 갔다.

"쫌 웃어라 웃어! 전부 고백했다가 차이기라도 한 거야?"

최미경 선생님이 농담을 던졌지만 아무도 웃지 않았다.

"2학년 2반 여자 우등생들이 한꺼번에 온 걸 보니 단단히 작정을 하고 온 모양이네. 요구사항이 뭐야? 밥 먹으러 가야 하니 빨리 핵심만 말해. 너희도 맛있는 급식을 두고 굶기는 싫잖아. 그치?"

선생님 표정은 무척 활기가 넘쳤는데, 그럴수록 우리 표정은 더 굳어졌다. 우리는 누가 먼저 나설지 눈치를 살폈다. 첫 걸음이 중요했다. 이런 요구일수록 첫 논리가 전체 분위기를 좌우한다. 서로 망설이며 머뭇거리는데 유정린이 나섰다.

"쌤, 모둠을 바꿔 주세요."

유정린은 앞뒤 재지 않고 곧바로 요구를 내걸었다. 선생님들 앞에서는 언제나 깍듯이 예의를 차리는 모범생인 유정린답지 않게 강한 말투였다. 다른 누구도 아닌 유정린이 그리 나오니 선생님은 조금 당황한 듯했다.

"모둠이 마음에 안 드니?"

"마음에 안 드는 게 아니라 불공평해요."

우리 요구가 불만이 아니라 불공평에서 출발했다는 논리는 아주 탁월한 선택이었다.

"불공평하다니, 뭐가?"

"저희들과 같은 모둠이 된 애들은 전부 무임승차를 밥 먹듯이 해요."

"무임승차?"

"수행평가를 할 때 자기 역할은 하나도 안 하고 얹혀 가려고만 한다고요. 저희들은 수행평가 때마다 고생은 두 배로 하고, 점수는 무임승차하는 애들이랑 똑같이 받아요. 그러니 불공평해요."

"난, 또……."

선생님 얼굴에 엷은 웃음이 걸렸다. 우리 요구를 가벼운 문제로 받아들인다는 신호였다.

"일부러 그런 애들과 짝을 지은 거야. 살아가면서 뒤로 빠지는 사람을 설득하고 다독여서 열심히 하게 만드는 역량은 꼭 갖춰야 해."

저런 비슷한 말은 예전에 나도 들었다. 그때는 그냥 지나가는 말인 줄 알았는데 아무래도 선생님 신념인 듯했다.

"해도 안 된다니까요."

"그걸 왜 우리가 책임져요?"

"막무가내로 안 하려는데 도대체 무슨 수로 설득해요?"

"공부 안 하려는 애는 선생님들도 어쩌지 못하시잖아요?"

우리는 한꺼번에 말을 쏟아 냈다. 우리들 기세에 선생님은 깜짝 놀란 듯했다.

"너희들, 아주 작정하고 왔구나?"

선생님 표정이 처음으로 진지해졌다.

"다시 강조하지만……, 세상을 살아가다 보면 혼자 하는 일도 있지만, 힘을 합쳐야 하는 일이 더 많아. 마음이 맞고 역량이 엇비슷한 사람끼리 함께 일하기도 하지만, 그렇지 않은 경우도 많고. 그런 상황을 학교에서 배우고 익혀야 해. 학교는 그런 걸 가르치라고 있는 거야."

선생님은 우리를 설득하려고 애썼다.

"그리고 너희들 불만은 나도 익히 알아. 그런 어려움은 평가에 충분히 반영……."

"아뇨!"

나는 예의 없는 줄 알면서도 선생님 말꼬리를 자르고 들어갔다.

"전혀요! 선생님은 이제껏 한 번도 저희들 어려움을 반영해 주지 않으셨어요."

나는 그동안 겪은 억울함을 최대한 절제하며 간결하게 말했다. 밤새 고생했는데 안재성 태도 때문에 감점당하고, 동료평가에서 점수가 깎이면서 억울하게 혼자 B를 받았던 경험을 털어놓을 때는 눈물이 나려고 했지만 꾹 참았다. 내가 말하는 내내 선생님은 내 눈을 똑바로 쳐다보며 경청하는 자세를 취했다.

"열심히 하는 사람은 손해를 보고, 아무것도 안 한 사람이 이익을 본다면 불공평하잖아요. 수행평가가 딱 그래요. 게으름이 보상받고, 노력은 손해를 봐요. 그런 제도는 불공평할 뿐 아니라 사회 발전도 가로막는다고 학교에서 배웠는데, 학교가 그런 제도를 운영하면 안 되잖아요."

내 말을 들은 선생님은 조금 충격을 받은 듯했다. 선생님은 한참 동안 내 눈을 정면으로 보았다. 나도 선생님 눈을 마주보았다. 내 눈이 선생님 눈을 채웠고, 선생님 눈이 내 눈을 채웠다.

"너희들 불만이 뭔지는 잘 알았어. 그럼 쌤이 어떻게 해 주길 바라는 거야?"

"수준별로 모둠을 만들어 주세요. 더는 게으름이 보상받지 않도록, 노력이 헛되이 버려지지 않도록!"

유정린이 딱 부러지게 요구사항을 말했다.

"좋아! 쌤이 진지하게 고려해 볼 테니 그만 밥 먹으러 가는 게 어떻겠니? 쌤도 배가 고프거든."

시계를 보니 자연과학부 모임에 가야 할 시간이었다. 급식을 먹을 시간은 없었다. 맛있는 급식을 하루 굶어야 했지만 억울함이 풀릴 가능성이 열렸기에 그날 하루는 배고픔을 견딜 만했다.

단지 여자라는 이유만으로

이태경

교복을 입으려다 다시 옷장에 걸었다. 교복이 갈수록 불편해졌다. 편한 옷을 입기로 했다. 2교시에 체육 수업이 있기에 체육복을 꺼내서 입었다. 학교 규정에 따르면 체육복은 체육 수업 바로 전에 갈아입어야 하고, 체육 수업이 끝나고 한 시간은 입어도 된다. 그 뒤에는 무조건 교복으로 바꿔 입어야 한다. 막 중학생이 되었을 때는 규칙을 철저히 지키며 지냈다. 선도부 선배들도 무섭게 단속했다. 시간이 흐르면서 단속은 흐지부지 되었고, 늘품중학교에 교복이 있는지 헷갈릴 정도가 되었다. 가끔 선도부가 단속을 하지만 재수에 곰팡이가 피지 않는 한 걸리지 않는다.

여유 있게 아침밥을 먹었다. 늘 그렇듯이 아침 밥상은 풍성했다. 우리 집에서는 아침을 제대로 먹지 않으면 집을 나서지 못한다. 아무리

학교에 늦어도 밥은 먹어야 한다. 어쩌다 지각할 위기에 처해서 서두르면 엄마는 '밥이 먼저다' 하면서 천천히 제대로 먹으라고 강요한다. 나에게는 숙제보다, 학교보다 밥이 먼저라는 가치관이 자연스러웠다. 내가 어릴 때는 다른 엄마들도 다 그런 줄 알았다. 다른 엄마들이 밥보다 숙제나 학원을 더 중요하게 여긴다는 사실을 확인하고 꽤나 큰 충격을 받았던 기억이 아직도 생생하다. 내가 늘품중학교를 선택한 이유도 밥 때문이다. 심지어 우선급식 혜택을 누리려고 별로 관심도 없던 자연과학부까지 들어갔다.

현관을 나서려는데 발에 배드민턴 라켓이 걸렸다. 어젯밤 늦은 시간까지 우현이와 배드민턴 연습을 한 흔적이었다. 체육 수업은 농구 평가가 끝나자마자 배드민턴으로 넘어갔다. 체육 선생님은 다양한 운동을 경험하기를 바랐고, 시험과 실전을 통해서만 제대로 익힌다고 계속 강조했다. 그러다 보니 툭하면 시험이고 경기였다. 배드민턴도 배운 지 얼마 되지 않았는데 바로 성적에 반영하는 경기를 연다고 했다. 예전에 배드민턴을 몇 번 쳐 보기는 했지만 잘하지는 못했기에 경기를 앞두고 우현이와 열심히 연습했다. 우현이도 썩 잘하는 편이 아니라 처음에는 공이 오래 오가지 못하고 바닥에 떨어지기 일쑤였다. 하지만, 연습이 쌓이면서 제법 오래도록 주고받을 만큼 실력이 늘었다. 넉넉하게 연습할 시간을 주면 실력이 괜찮게 늘 자신이 있었다.

'오늘부터 실전 시험인데……'

나는 배드민턴 라켓을 집어서 가볍게 흔들었다. 준형이처럼 멋지게 상대편을 향해 내리꽂는 상상을 하며 배드민턴 라켓을 휘둘렀다. '딱!' 배드민턴 라켓이 벽에 부딪치는 소리가 남과 동시에 배드민턴 라켓이 손에서 벗어났다.

"뭔 소리니?"

벽에 부딪친 소리가 제법 컸나 보다.

"아무것도 아니야."

바닥에 나뒹구는 배드민턴 라켓이 꼭 내 꼴 같았다. 나답지 않은 생각이었다. 이런 쓸쓸함은 내게 어울리지 않았다. 나는 더러운 감정을 재빨리 분리수거함에 내다 버리고는 집을 나섰다. 사거리를 건너 문방구 앞을 막 지나는데 별로 반갑지 않은 목소리가 나를 불렀다.

"오늘까지 마무리하기로 한 거 했어?"

처음에는 무슨 말인지 못 알아들었다.

"뭘?"

"너, 설마 안 한 거야?"

박채원이 나를 잡아먹을 듯이 노려봤다. 뭘 물어보는지 몰라서 '뭘' 이라고 했는데, 보자마자 나를 못 잡아먹어서 안달난 괴물처럼 달려드는지 모르겠다.

"뭔지 말이나 해 주고……."

"너랑 나랑 같이 하는 게 뭐가 있는지도 몰라?"

그제야 박채원이 무슨 말을 하는지 알아들었다.

당연히 내 몫은 다 했다. 나는 그렇게 무책임한 사람이 아니다. 내가 해야 할 책임이 생기면 꼭 한다. 그렇지만 박채원은 내가 아무리 열심히 해도 꼭 트집을 잡는다. 내가 하면 뭐든 불만이다. 그냥 넘어가는 경우가 없다. 하긴 했지만 내가 한 결과물이 박채원 마음에 들 것이란 확신은 없었다.

"대충 뭐⋯⋯."

여느 때 같으면 그러거나 말거나 뻔뻔하게 나갔을 텐데, 아침에 배드민턴 라켓을 보며 들었던 쓸쓸함 때문에 자신감이 바닥에 곤두박질친 상태라 말이 흐릿하게 나왔다.

"송윤정 쌤이 오늘 중간 점검한다고 했잖아. 너 또⋯⋯."

"아, 쫌, 그만해! 나를 그렇게 못 믿냐?"

"이제 알았냐? 나 너 못 믿어."

"헐! 그럼 잘됐네! 네가 다 하셔."

"이번에도 나한테 다 미루냐?"

"내가 뭘? 뭐 그렇게 미뤘다고?"

"연구 수련회 때⋯⋯."

"그건 네가 워낙 나서서 내가 양보한 거지."

수련회에서도 박채원은 혼자 다 하려고 했다. 내가 낸 의견은 다 무시하고 자기 뜻대로 하려고 했다. 그래 놓고 이제 와서 내게 모든 책임을 덮어씌우려 했다. 내가 배려해 줘서 자기 뜻대로 하게 해 줬으면 내게 고마워해야지 도리어 화를 내다니, 박채원은 아무리 봐도 이해하기 불가능한 존재다.

"제대로 안 해서 지적받으면 네가 책임질 거야?"

"걱정 마셔! 내가 해야 할 일은 내가 다 알아서 해."

그때 우현이가 나타났다. 박채원에게서 벗어날 구세주였다.

"우현아!"

나는 박채원은 내버려두고 우현이에게 뛰어갔다.

우현이를 만나니 배드민턴과 박채원 때문에 꿀꿀하던 기분이 확 풀렸다. 우현이와는 별 말을 하지 않아도 즐겁고 웃음이 나온다.

교문으로 들어서는데 한동안 없던 선도부가 보였다. 체육복을 입었기에 복장 불량으로 걸릴 줄 알았는데 선도부가 나를 잡지 않았다. 그렇지만 내 바로 뒤에 오던 남자애 둘은 선도부에 붙잡혔다. 선도부에 붙잡힌 남자애들에게서 볼멘소리가 터져나왔다.

"에이, 왜 잡아요?"

"저긴 체육복 입었는데도 안 잡으면서."

이것들이 잡혔으면 곱게 잡히지 왜 멀쩡하게 통과한 나를 걸고넘어지는 거야? 혹시라도 선도부가 나를 부를지도 모르기에 나는 걸음을 빠르게 했다.

"너희는 사복을 입었잖아. 체육복이랑은 달라."

다행히 선도부는 단호했고, 나는 무사했다.

"쫌, 억지네."

우현이가 힐끗 뒤를 보며 말했다.

"뭐가?"

"체육복을 안 잡았으면 사복도 잡지 말아야지."

"사복이랑 체육복이랑 같냐? 어쨌든 체육복은 학교 옷이잖아."

"어쨌든 복장 위반인데, 누구는 잡고 누구는 안 잡고……. 공평하지 못한 건 맞지."

"너! 지금 선도부에게 내가 걸리기를 바란 거야?"

나는 우현이 옆구리를 슬쩍 찔렀다.

"아얏! 크크! 그렇다는 말이지 뭘."

솔직히 선도부 선배들이 공평하지 못했다는 점은 나도 동의한다. 그렇지만 내가 선도부 선배들에게 '불공평하니 저도 잡아 주세요' 하고 말할 수는 없는 노릇이다. 교문 쪽을 보니 복장 불량으로 많은 애들이 걸렸다. 단속을 안 하다 갑자기 왜 저러는지 모르겠다. 내일부터는 걸리지 않게 조심해야겠다.

배드민턴 시합이 열렸다. 여자는 여자끼리 남자는 남자끼리 무작위로 돌아가며 대결을 하는데 이기면 승점 1, 지면 0점이다. 총 경기는 9번인데 승점이 6점 이상이어야 A이고, 승점이 1점 낮아질 때마다 평가 점수도 한 단계씩 내려간다. 조영호와 첫 경기를 치렀다. 7점을 내면 이긴다. 조영호라면 해볼 만하다 여겼다. 서브를 넣었다. 조영호가 내 서브를 받아서 높이 올렸다. 공이 하늘 높이 올라갔다가 나에게로 떨어졌다. 예전에는 못 쳤겠지만 부지런히 연습한 나는 달라졌기에 가뿐하게 공을 쳐서 네트를 넘겼다. 공은 하늘을 우아하게 날아갔다. 늘어난 내 실력에 스스로 감탄했다. 승리가 나에게 오리라 확신했다. 하늘을 가르며 날아간 공을 향해 조영호가 가볍게 배드민턴 라켓을 휘둘렀다. 그리 세게 치지 않은 듯한데 공은 곧바로 나에게 날아왔다. 그렇게 빠르게 날아오는 배드민턴 공은 처음이었다. 내가 어찌해 볼 틈도 없이 공은 내 몸을 맞고 바닥에 떨어졌다. 1점을 빼앗겼다. 잘하는 게 없는 조영호라 여기고 만만하게 보았는데 배드민턴 치는 솜씨는 남달랐다. 아무래도 상대를 잘못 만난 듯했다.

서브를 조영호가 넣었다. 어렵지 않게 받았다. 공은 네트를 넘어서 조영호 머리 위로 올라갔다. 그러자 조영호가 또다시 공을 강하게 쳤다. 공은 내가 손을 쓸 사이도 없이 바닥으로 떨어졌다. 0:2가 되었다. 그 뒤에는 똑같은 일이 거듭 일어났다. 마치 영상을 끊임없이 되돌려보는 느낌이었다. 0:3, 0:4, 0:5, 0:6까지 똑같은 방식으로 점수를 빼앗겼다. 짜증이 났다. 서브가 들어오자 있는 힘껏 쳐 버렸다. 공은 하늘 높이 치솟아 뒤로, 뒤로 날아갔다. 끝 선까지 물러난 조영호는 공을 다시 세게 치려는 자세를 취했다. 나는 몸이 굳으며 뒤로 물러났다. 1점이라도 따 내야겠다는 오기가 일었다. 거리가 제법 머니 받아 낼 수 있으리라 믿었다. 공이 세게 날아오면 이렇게 받아야지 하고 떠올리며 대비를 했나. 그런데 조영호는 공을 가볍게 쳤고, 힘이 쭉 빠진 공은 흐느적거리며 날아오더니 네트를 간신히 넘어온 뒤 툭~ 떨어졌다. 센 공을 대비해 잔뜩 긴장했던 나는 힘이 쭉 빠졌다. 조영호 7점에 나는 0점, 단 1점도 얻지 못한 처참한 패배였다.

우현이는 다행스럽게도 첫 경기를 김기주와 했다. 김기주는 거의 여자애들 수준이었다. 우현이는 가뿐하게 1승을 거뒀다. 임현석은 박준형을 만나 나처럼 0:7로 깨졌다. 준형이를 만나면 이길 애가 없다. 아마 나를 0:7로 이긴 조영호도 박준형을 만나면 임현석과 비슷하게 깨질 것이다. 안재성은 원동찬을 만나 1:7로 졌다. 배드민턴을 잘하는 남자애들이 많았다. 내가 임현석이나 안재성과 대결하면 이길 수 있을까? 자신이 없었다. 나와 실력이 비슷해 보였기 때문이다. 남자애들은 김기주 빼고는 만만한 애가 단 한 명도 없었다. 이번에도 A는 글러 먹은 듯했다.

남자들은 거의 다 잘하는 데 반해, 여자애들은 거의 다 실력이 엉망이었다. 손현지와 이예나를 빼고는 툭툭 쳐서 겨우겨우 넘기는 수준이었다. 박채원은 배드민턴 공을 제대로 건드리지도 못하는 최유빈을 만나 톡톡 넘기기만 하고도 승리를 거두었다. 박채원이 승리한 뒤에 좋아하는 꼴을 보니 기분이 나빴다. 아무리 봐도 불공평했다. 박채원과 붙으면 내가 이길 자신이 있었다. 나보다 실력이 처지는 박채원은 공도 제대로 못 넘기는 상대를 만나 승리를 누리고, 박채원보다 실력이 더 뛰어난 나는 뛰어난 실력을 자랑하는 조영호를 만나 패배를 당했다. 앞으로 경기 결과도 뻔했다. 여자애들이 치는 꼴을 보니 박채원은 또 A를 받을 거고, 나는 C를 받으면 다행일 것이다.

실력에 따라 점수를 받아야 정당한데, 왜 더 뛰어난 실력에 노력도 많이 한 나는 박채원보다 못한 점수를 받아야 하는 걸까? 높이뛰기도 그렇고, 농구도 마찬가지였다. 왜 실력이 떨어지는 박채원이 단지 여자라는 이유만으로 나보다 높은 점수를 얻어야 하는가? 과학이나 사회나 수학 같은 과목은 남녀를 구분하지 않고 실력에 따라 성적을 매기면서, 왜 체육은 실력대로 점수를 주지 않고 남녀를 구분하고 차별하며 점수를 주는지 모르겠다.

부당한 패배에 억울해 하며 씩씩거리는데 때마침 내 옆에는 나와 마찬가지로 패배한 안재성과 임현석이 있었다. 안재성과 임현석도 나 못지않게 불만이 많은 듯했다. 둘 다 여자애들이 초보 티를 팍팍 내면서 배드민턴을 치는 모습을 보며 울분을 삭이지 못했다.

"야, 아주 꼴값하네."

"저렇게 치고도 이겨?"

"저 실력으로 이겨 놓고도 좋단다. 이런……"

"이게 뭔 꼴이냐. 우린 잘해도 맨날 점수가 엉망이고."

안재성과 임현석도 우리 반 남자애들 실력이 대부분 만만치 않음을 파악한 듯했다. 김기주와 만나지 않는 한 1승을 거두기도 쉽지 않았다. A를 맞기 위해서는 9번 경기에서 6승을 해야 하는데, 내 실력이나 안재성, 임현석 실력으로는 불가능에 가까웠다. 박준형이나 조영호를 빼면 다른 애들도 A를 확신하기 어려워 보였다. 승부가 물고 물리다 보면 어떤 결과가 나올지 알기 어렵기 때문이다.

"불공평하지 않냐?"

나는 안재성과 임현석이 나누는 대화에 끼어들었다.

"남자 차별이 하루이틀이냐? 이젠 뭐 그런가 보다 해."

"그런가 보다 하면 안 되지."

"별 수 있냐?"

"그렇다고 이대로 당하냐? 이러면 결과는 뻔한데?"

"방법이 있어?"

"공평하게 남자와 여자를 섞어서 해 달라고 요구해야지."

"그게 되겠냐?"

"안 하려면 말고. 나라도 가서 따질 테니까."

"정말 따지려고?"

"안 해도 손해, 해도 손해라면, 하고 손해 봐야지."

"그건 맞는 말."

그렇게 우리 셋은 의기투합했고, 체육 선생님께 말하기로 했다. 높이뛰기와 농구에서 당할 만큼 당했다. 배드민턴마저 그러기는 싫었다. 이대로 가면 또 무슨 종목으로 불이익을 당할지 모른다. 이번에 받아들이지 않더라도 항의는 하고 싶었다. 받아들여질 가능성은 거의 없겠지만, 내 억울함을 표현하지 않으면 숨이 막힐 듯했다.

우리는 수업 시간이 끝날 때를 맞춰 김정현 체육 선생님에게 몰려가 따졌다.

"쌤, 여자들은 잘 치지도 못하는데 승점을 차곡차곡 쌓고, 저희는 여자애들보다 훨씬 잘하는데도 빵점이고."

"오늘 한 번 했잖아! 연습 열심히 해서 다음에 이기면 되잖아."

열심히 하라는 말, 몹시 부당하면서 무책임한 답변이었다. 경기 진행 방식이 불공평해서 졌기에 내 패배와 내 노력은 아무런 상관이 없다. 나보다 노력도 실력도 떨어지는 박채원 같은 여자애를 우대하는 경기 진행 방식이 문제일 뿐이다. 잘못은 선생님이 저질렀다. 그래 놓고 왜 나에게 노력하라는 말도 안 되는 충고를 하는지 모르겠다.

"남자애들 실력 봤잖아요."

"뭐, 다른 반 남자애들보다 잘하긴 하더라."

"문제는 여자들이라고요. 겨우 네트를 넘기는 실력인데 승점을 팍팍 쌓고, 저희는 그 여자애들보다 훨씬 잘하는데 망하게 생겼으니, 말도 안 되는 불공평이죠."

"그래서? 뭐? 남녀를 뒤섞어서 경기를 하라는 말이야, 뭐야?"

"그게 공평하잖아요."

"그게 뭐가 공평해. 남녀가 엄연히 신체 능력에 차이가 있는데."

"아니 그럼 다른 과목은 왜 남녀 구별 없이 그냥 다 섞어서 하는데요?"

"체육이랑 다른 과목이랑 같냐?"

"뭐가 다른데요?"

"체육은 몸으로 하고, 다른 과목은 머리로 하잖아."

체육 선생님은 마지막 점수만 따면 승리하는 선수처럼 의기양양하게 웃었다. 이렇게 말하면 우리가 수긍할 줄 알았나 보다.

"머리도 남녀 차이가 있어요."

"음악이나 미술은 몸으로 하잖아요."

"글씨체 안 좋다고 수행 점수를 깎기도 해요. 여자들이 남자들보다 글씨를 대체로 잘 쓰는데……."

"신체 차이를 둬야 한다면 외국에서 살다 온 애들이랑 한국에서만 산 우리 같은 토종은 영어 평가를 할 때 차이를 둬야죠."

"다른 종목은 몰라도 배드민턴 정도는 공평하게 섞어서 해야죠."

우리는 폭풍처럼 반박을 쏟아 냈다.

"햐, 이것들 봐라!"

체육 선생님은 양 옆구리에 손을 얹더니 가만히 우리를 노려봤다. 우리는 김정현 선생님 시선을 피하지 않았다. 선생님은 우리 셋을 번 갈아 보더니 이마를 찡그렸다.

"좋아!"

선생님은 허리에 얹은 손을 내렸다.

"선생님이 진지하게 생각해 볼 테니, 이제 그 공평이니 불공평이니 하는 소리는 그만."

더 따지려는 임현석을 내가 말렸다.

"왜 말리냐? 씨~."

선생님이 가고 난 뒤에 임현석이 내게 따졌다.

"쌤이 진지하게 생각해 본대잖아."

"그걸 믿냐? 씨~."

"더 따지면, 들어주고?"

"이럴 때 평소에 못 했던 말이라도 실컷 해야지."

임현석은 씩씩거리며 체육 선생님이 사라진 쪽을 노려보았다.

"쌤들은 다 똑같아. 쌍……."

임현석 입에서 쌤들을 향한 욕이 쏟아져 나왔다. 나도 모르게 뒤로 한 걸음 물러났다. 역시 임현석은 가까이 지낼 놈이 못 된다. 임현석은 위아래가 없고, 입이 험하다. 툭하면 여자를 혐오하는 말들을 쏟아 내고, 남자가 차별받는 세상이라며 억울해한다. 초등학생 때는 멋모르고 가까이 지내다가 중학생이 되면서 우현이 충고를 듣고 임현석을 멀리했다. 대놓고 멀리하면 눈치챌까 봐 적당한 핑계를 대면서 아주 자연스럽게 멀어졌다. 2학년에 같은 반이 되었음에도 서로 그냥 아는 사이 정도로만 지낼 만큼 멀어졌다. 그런데 체육 시간에 억울한 일을 연거푸 당하면서 의도하지 않게 임현석과 가까워지고 말았다. 아무리 선생님께 항의하고 싶었다 해도, 혼자보다는 여럿이 낫다고 해도, 임현석과 함께하는 건 실수였다.

한편으로는 선생님이 생각해 본다는 말에 희망이 생겼지만, 다른 한편으로는 임현석을 가까이 한 실수 때문에 몹시 찝찝했다. 교실로 가는데 김기주가 기침을 콜록콜록하며 보건실로 들어가는 모습이 보였다.

"기주 저 새끼는 툭하면 아파!"

"꾀병이지. 어째 배드민턴 열심히 치는 척하더니 또 아픈 척하는 거 봐."

"간사한 새끼, 누가 속을 줄 알고."

임현석과 안재성이 김기주를 보면 험한 말을 쏟아 냈다.

나는 못 들은 척하고 잰걸음으로 그곳을 벗어났다.

교무실에서 열린 기묘한 회의

최유빈 ● 늘품중학교 2학년, 여학생

　나는 그림을 즐겨 그린다. 잘 그리는지는 모르겠지만 그림을 그릴 때가 즐겁다. 수업 시간에도, 쉬는 시간에도, 집에서도 쉼 없이 그림을 그린다. 어제는 밥을 먹으면서도 그림을 그렸는데 지나가던 영양사 선생님이 내 그림을 칭찬하면서 도와 달라고 부탁했다. 학생들이 알면 좋은 영양 지식과 식습관 형성에 도움이 되는 교육 자료를 선생님이 만들고 있는데, 거기에 재미난 그림을 곁들이고 싶다고 했다. 교육 자료에 실을 만큼 그림을 잘 그릴 자신은 없었지만, 집에서 먹는 밥보다 맛있는 요리를 해 주는 영양사 선생님에게 조금이라도 보답하고 싶다는 마음에 부탁을 수락했다.

　종례를 마치고 영양사실로 갔다. 영양사 선생님은 맛있는 간식을 주면서 내가 어떤 그림을 그려야 하는지 설명해 주었다. 설명을 다 듣고 나니 처음 부탁을 들었을 때보다 더 자신이 없었다.

"선생님, 저…… 잘 그릴 자신이 없어요. 미술 학원에 다녀 본 적도 없고."

"괜찮아, 괜찮아! 그냥 너답게 그리면 돼."

'나답다'는 말은 무슨 뜻일까? 과연 나다운 그림은 뭘까? 선생님 말뜻을 제대로 헤아리지 못한 채 나는 그저 내 마음껏 그리고 싶은 대로 그리라는 뜻으로만 받아들였다.

"영양 습관 자료는 충분한데, 영양소 자료가 넉넉하지 않아서 어떻게 그려야 할지 잘 모르겠어요."

자료를 살피다 조심스럽게 내 의견을 밝혔다.

"그렇지? 나도 그렇게 느꼈어. 그래서 송윤정 쌤 도움을 받을 거야. 지금 교무실에 갈 건데 같이 갈래?"

나는 영양사 선생님을 따라서 교무실로 갔다. 2학년이 되었지만 교무실은 처음 들어가 보았다. 영양사 선생님은 교무실 가장 구석에 자리한 지저분한 책상으로 갔다. 책상은 몹시 위태로웠다. 책과 각종 자료가 책상과 바닥에 수북했다. 조금만 잘못 건드리면 와르르 무너질 듯했다. 책상 위는 수많은 쪽지와 필기구로 난장판이었고, 바닥에는 먹다가 흘린 음식 찌꺼기와 찢어진 종이, 깨진 볼펜 따위가 널려 있어 마치 쓰레기통을 옮겨 놓은 듯했다. 머리를 질끈 묶은 여자 선생님이 책상 아래로 고개를 숙인 채 뭔가를 찾는 중이었다.

"쌤! 저 왔어요."

책상 아래에서 뭔가를 찾던 선생님은 머리를 급하게 들다가 책상에 세게 부딪쳤다.

"아야! 어휴, 아파!"

선생님은 두 손으로 머리를 움켜쥐었다. 책상이 흔들릴 만큼 세게 부딪쳤기에 꽤나 아파 보였다. 립스틱도 바르지 않은 맨얼굴에 두꺼운 안경을 쓴 얼굴이 나타났다.

"경희 쌤! 웬일이에요?"

"제가 어제 부탁했잖아요."

"아, 그거. 잠깐만요. 어디다 챙겨 났는데······."

두꺼운 안경을 쓴 얼굴은 다시 책상 밑으로 들어가더니 뭔가를 다시 찾았다. 만난 지 얼마 되지도 않았지만 나조차 정신이 오락가락해질 지경이었다.

그때 낯익은 목소리가 들렸다.

"누가 그랬다고요?"

담임 선생님이었다.

"유정린, 박채원, 강정아, 임나은, 이예나요."

최미경 선생님 목소리도 들렸다. 당장 자료를 찾을 분위기도 아니어서 나도 모르게 눈길이 목소리가 들리는 쪽으로 갔다.

"다섯이 전부요?"

"그렇다니까요."

"다들 공부 잘하는데······."

"말도 마세요. 조금 전에 말씀드렸듯이 어찌나 강하게 나오는지 저도 놀랐다니까요."

"불공평이라……."

그때 김정현 선생님이 끼어들었다. 김정현 선생님은 체육을 가르친다. 체육은 내가 가장 싫어하는 과목이다. 오전에 체육 수업에서 배드민턴을 치는데 끔찍하게 싫었다. 더구나 경기 승패로 점수를 매기기까지 하니 당장 도망치고 싶은 충동마저 일었다.

"체육 수업 때는 남자애들까지 그 비슷한 얘기를 하는데, 하도 강하게 나와서 솔직히 저도 당황했어요."

"남자애들 누가?"

"이태경이랑 안재성, 그리고 그 입이 거친……."

"임현석 말이군요."

"네! 임현석! 셋이서 어찌나 거칠게 항의하는지……."

체육 선생님은 내가 선 자리에서도 보일 만큼 고개를 세차게 좌우로 흔들었다.

"솔직히 말씀드리면 이런 항의가 한두 번이 아니었어요. 그 셋만 그런 것도 아니고. 에휴……."

"애들이 서로 작당이라도 한 건가? 내 참."

"애들이 요즘 불공평에 상당히 민감해요. 사회 분위기도 그렇고. 그러니 참 당황스러워요. 대놓고 무시하기도 그렇고, 설득하자니 딱히 받아들일 낌새도 안 보이고. 지금 분위기로 봐서는 이번에 그냥 넘어가더라도 계속 문제 제기를 할 기세고. 이런 불만이 계속 쌓이면 수업 분위기도 안 좋아지고, 수업 효과도 떨어질 듯하고. 어찌해야 할지……."

최미경 선생님 목소리에서 걱정이 한껏 묻어났다.

"체육 수업도 비슷해요. 전에는 가볍게 항의하는 정도였는데, 오늘 보니 아주 강해졌더라고요. 저도 걱정인 게 이런 항의가 점점 세지고, 더 많은 애들이 불만을 드러낼 듯해요. 솔직히 체육은 공평과 공정이 생명인데, 그걸 문제 삼고 들어오니 어찌할 바를 모르겠어요. 제가 교직 생활 경험도 짧아서 이런 경우에 어찌해야 할지……."

김정현 선생님도 걱정이 가득했다.

"박 쌤, 어떡하면 좋을까요?"

최미경 선생님이 물었지만 담임 선생님은 선뜻 대답을 못 하고 턱만 쓰다듬었다.

"찾았다!"

그때 두꺼운 안경을 쓴 선생님이 벌떡 일어났다. 이번에는 아슬아슬하게 머리를 책상에 부딪치지 않았다.

"잠깐 설명을 해드려야 하는데, 시간 괜찮으시죠?"

"물론이죠."

영양사 선생님이 나를 잡아끌었다.

"너도 잘 들어. 네가 그려야 하니까?"

"애가 그렇게 그림을 잘 그린단 학생이에요?"

"네. 인사드려. 2학년 2반 최유빈이에요."

"안녕하세요."

나는 공손하게 고개를 숙였다.

"2학년 2반이면 채원이 반이구나. 채원이 아니?"

나와 같은 반이니 안다고 해야 맞겠지만 제대로 말을 섞어 본 적도 없어서 선뜻 안다고 하기는 어려웠다. 그렇다고 모르는 애라고 하기도 애매했다.

"네."

기어들어가는 목소리로 대답했다.

"채원이 반이라니 반갑네. 자, 이리 와 봐. 자세히 설명해 줄게."

그 선생님이 보여 준 자료에는 사진이 가득했다. 현미경으로 직접 찍은 사진이라고 했다. 영양소가 몸 안에서 어떻게 작동하는지 설명하는 글도 꽤 되었다. 그 선생님 설명을 들으면서도 내 귀는 계속 담임 선생님 쪽으로 향했다. 동일한 조건, 정당한 차별, 약자 우대, 역차별, 공정한 평가기준, 협동 수행평가와 같은 낱말들이 대화 사이사이에 들렸다. 그 낱말들을 통해 얼추 무슨 문제로 대화를 나누는지는 헤아렸지만, 영양소 설명과 같이 듣다 보니 완벽하게 이해하기는 어려웠다.

"설명 끝! 질문 있니?"

두꺼운 안경을 낀 선생님이 나를 똑바로 쳐다봤다. 질문은 떠오르지 않았다. 딱히 어려운 내용도 없었다.

"아뇨."

수상한 학교, 평등을 팝니다

"혹시 그러다 궁금하면 언제든 와."

"네."

"송 쌤 고마워요. 나중에 다 그린 뒤에도 점검 좀 해 줘요."

"그럼요."

두꺼운 안경을 낀 선생님은 시원하게 대답했다. 철부지 같은 웃음에 정이 갔다. 저 선생님은 우리 수업에 들어오지도 않는데 박채원은 어떻게 아는 걸까? 박채원은 참 좋겠다. 저런 좋은 선생님과도 친해서……. 나는 친한 선생님이 한 분도 없다. 언제나 그렇듯이…….

나는 인사를 드리고 영양사 선생님 뒤를 따라갔다.

"남자와 여자는 엄연히 차이가 있는데, 그 차이를 배려하는 평가 방식이 과연 어느 수준까지 역차별이고, 어느 수준까지가 정당한 배려일까요?"

"그게 명확한 기준을 세우기 어렵죠."

"저는 차라리 모둠 수행을 없애 버릴까도 고민했어요. 그렇지만 협동 없는 개별 수행은 반쪽짜리 수행이잖아요. 협업을 경험하지 않는 수행은 제대로 된 수행도 아니고……. 학생들 참여를 적극 이끌어 내는 수업을 꾸준히 하고 싶은데, 제가 하는 수업 방식이 과연 현실에 맞나 의문이 들기도 해요."

내가 교무실을 나가려는 순간에도 대화는 계속 이어졌다.

"저기요!"

교무실 문을 막 나서려는데 두꺼운 안경을 낀 선생님이 그 대화에 끼어들었다.

"그냥 애들이 원하는 대로 해 줘요."

나는 교무실을 나가려던 발걸음을 멈추고 그 대화에 귀를 기울였다.

"송 쌤, 송 쌤! 막무가내로 나가지 마. 제대로 듣지도 않았으면서."

이명재 선생님이었다. 정보를 가르치는 선생님인데 상냥하고 학생들에게 참 잘해 준다. 영양사 선생님 말고 내가 가장 좋아하는 선생님이기도 하다. 이명재 선생님과 친해지면 얼마나 좋을까?

"제대로 다 들었어."

서로 반말을 하는 걸 보니 두 선생님이 무척 친한 듯했다.

"자기들이 생각한 평가 방식으로 해 달라는 거잖아요. 그러니까 그냥 해 주라고요."

두꺼운 안경을 낀 선생님은 시원시원했다. 거침없는 말투가 부러웠다.

"그럴 순 없죠. 교육 원칙에 안 맞는데……."

최미경 선생님이 정색하면서 반박을 했다.

"일단 들어줘요. 그다음에……."

두꺼운 안경을 낀 선생님과 내 눈이 마주쳤다.

"너 거기서 안 가고 뭐 하니?"

"아, 네! 인사드리려고."

재빨리 얼버무렸다.

"그래! 잘 가렴."

두꺼운 안경을 낀 선생님이 오른 손을 세차게 흔들었다. 나는 허리를 숙여 인사를 하고는 교무실을 나섰다.

"일단 처음에는……."

그 뒤에 이어진 대화는 아쉽게도 더는 듣지 못했다.

2부

이것이 바로 완벽한 수행평가다

박채원

원동찬과 짝이 되어 수행을 해야만 하는 사회 수업이 다가왔다. 우리 동네 그림을 그리라고 할 때 원동찬이 귀퉁이에 풀 한 포기에 집착하던 모습이 떠올랐다. 둘이서 수행을 해야 하는데 또다시 그런 집착을 보일까 봐 걱정스러웠다. 그래도 그나마 나는 나은 편이었다. 원동찬은 그래도 뭔가 하려고 하기 때문이다. 임현석과 짝이 된 강정아는 무사히 수업 시간을 보내면 다행이었다. 상극인 임현석과 짝이 되었으니 수업 도중에 싸움이 붙을지도 모른다. 아무것도 안 하려는 조영호와 짝이 된 유정린은 모든 과제를 혼자 다 해야만 할 운명이다. 조영호는 유정린과 짝이 된 덕분에 아무것도 안 하고도 최고점을 받는 행운을 누릴 게 뻔하다. 임나은과 짝이 된 김기주는 쉬는 시간부터 갑자기 잔기침을 했다. 저러다 또 아프다고 보건실로 가 버리면 임나은이 모든 과제를 혼자 떠안고 끙끙대야만 한다. 내가 가장 싫어하는 안재성은 뭐가 그리 좋은지 쉬는 시간 내내 시시덕거렸다. 쓰레기 안재성과 짝이 된 예나가 가장 불쌍했다.

쌉쌀한 불안감을 안고 최미경 선생님을 맞이했다. 지난 수업에서 예고한 대로 2인 1조로 수행을 하기 위해 자리를 옮기려고 준비하는데 최미경 선생님이 예상치 못한 선언을 했다.

"지난 시간에 정한 모둠은 취소야."

설마 우리가 한 요구를 그대로 받아들인 걸까? 진짜라고는 믿기지 않는 말이라 잠깐 현실감이 없었다.

"과제를 함께할 모둠을 새롭게 짰어. 알려 줄게."

우리 요구를 정말로 들어주다니 믿기지 않았다. 그러나 진짜 현실이었다. 심장이 기대감으로 요동쳤다. 누가 나와 같은 짝이 될까?

"유정린, 박채원!"

유정린이라니……. 더할 나위 없는 짝이었다. 유정린과 같은 모둠으로 수행을 하는 것은 모든 과목을 통틀어 처음이었다. 유정린이 얼마나 성실하고 공부를 잘하는지 알기에 정말 기분이 좋았다.

"이예나, 임나은!"

"오예!"

예나가 신나게 소리를 질렀다. 쓰레기 안재성에서 마음이 잘 맞는 임나은으로 짝이 바뀌었으니 예나로서는 환호성을 지르며 기뻐할 만했다.

"권우현, 강정아!"

강정아도 얼굴이 환해졌다. 강정아는 남자들을 싸잡아서 욕하고 싫어하지만, 권우현은 나름 괜찮다고 인정해 준다. 여성관도 괜찮고, 성실하게 자기 책임을 다하며, 실력도 뛰어나다. 임현석 같은 쓰레기에서 권우현으로 짝이 바뀌다니, 정말 다행이었다.

최미경 선생님이 새롭게 만든 모둠 구성원을 보니 모두 성적과 성실성이 엇비슷했다. 특히 안재성과 임현석은 아주 딱 맞는 짝이었다. 불성실하고 실력도 엉망인 쓰레기 둘이 모였으니 결과가 어떨지는 뻔했다. 최미경 선생님이 새롭게 발표한 모둠은 내가 늘 바라던 바로 그 틀이었다. 노력과 실력이 보상받고, 게으름과 무능이 제대로 평가받는 공평한 모둠 구성이었다. 최미경 선생님이 우리 요구를 들어주다니, 기적이었다.

"선생님이 보라고 한 인터넷 강의, 집에서 미리 다 봤지?"

나는 신나서 "예!" 하고 크게 대답했다.

"어땠어?"

"예뻤어요."

예나 말에 여기저기서 웃음이 터졌다.

"쌤이 예쁜 줄은 아는데, 예쁘다고 쌤 얼굴만 본 건 아니지?"

웃음이 계속 이어졌다.

"먼저 강의를 잘 들었는지, 이해는 어느 수준만큼 됐는지 확인할 거야."

선생님이 인쇄물을 교탁 위에 올려놓았다.

"쌤이 나눠주는 종이에 모둠원끼리 2인 1조가 되어 질문에 답을 해봐. 혹시 질문이 이해 안 되면 바로바로 물어보고. 자, 이제 자리 옮겨."

자기 짝을 찾아 움직이느라 잠시 교실이 소란스러웠다. 나는 유정린 옆으로 가 앉았다. 정린이가 환한 웃음으로 나를 맞았다. 정린이와 함께 수행을 하다니, 꿈만 같았다. 곧이어 선생님이 나눠준 종이가 우리 앞에 놓였다. 맨 앞쪽에 2학년 2반을 쓴 뒤 박채원과 유정린이란 이름을 또박또박 썼다.

종이에 쓰인 질문은 단순했다. 선생님이 보라고 한 영상에 담긴 정보와 지식을 얼마나 이해했는지 확인하는 수준이었다.

"1번 문제는 벤투리 효과에 관한 거지?"

"베르누이 원리를 응용한 거여서 내가 잘 알아."

내가 과학 지식을 활용해 벤투리 효과가 일어나는 원인을 간략하게 적었다.

"자연과학부라 다르구나."

정린이가 칭찬을 하니 기분이 좋았다.

"2번은 쌤이 강의를 하면서 여러 번 강조한 거네."

그러면서 정린이가 답을 채웠다.

"도시 열섬 현상이라니……, 3번도 과학이네."

"쌤이 잘 설명해 주셨잖아."

"솔직히 한 번 들어서는 잘 이해하기 힘들었어."

"일어나는 원리는 내가 정리할 테니까 감소 대책은 네가 정리할래?"

"좋아, 그건 다 기억하니까."

우리는 각자 잘 아는 쪽을 책임지고 정리했다. 역할을 분담하니 빠르고 정확하게 빈칸이 채워졌다.

"잠깐만, 여기에 도시화 비율을 추가하면 어떨까?"

"굳이 넣으라고 안 했지만 넣으면 좋긴 하겠네. 그런데 비율도 기억해? 꽤나 복잡하잖아."

"히히, 몇 번 영상을 봤더니 그냥 외워져 버렸나 봐."

정린이 기억력은 아주 비상했다. 공부를 잘하는 이유가 있었다.

우리는 협동이라는 말에 아주 어울리게 힘을 합쳐 과제를 수행했다. 선생님이 늘 강조했던 협동에 담긴 의미를 제대로 살린 수행이었다. 정린이는 내가 모자란 부분을 채워 줬고, 나는 내 장점을 살렸다. 내 어깨는 그 어느 때보다 가벼웠다. 게으르고 무책임한 모둠원과 할 때와 차원이 달랐다. 의욕도 떨어지고 능력도 모자란 애들을 억지로 끌어가면서 힘들게 과제를 했을 때를 떠올리니 그 끔찍한 순간을 어떻게 견뎠는지 모르겠다. 혼자서 다 할 때는 해야 할 과제가 늘어서 힘들기도 했지만, 내 점수뿐 아니라 다른 모둠원 점수까지 모두 내 책임이라는 부담감이 나를 버겁게 했다. 혹시라도 내가 제대로 못 하면 모두가 피해를 보니 그 부담감이 늘 나를 괴롭혔다. 그런데 정린이와 할 때는 그런 부담감이 픽셀 하나만큼도 없었다.

우리는 과제를 가장 먼저 제출하고 남는 시간 동안 여유를 즐겼다.

다른 모둠들이 낑낑거리며 고생하는 모습을 보며 즐거워했다. 아예 과제를 못 한 모둠도 여럿 있었다. 과제를 끝내고 정답을 확인했는데 나와 정린이가 작성한 답이 가장 뛰어났다. 선생님은 우리가 작성한 답안을 모범 답안으로 소개해 주었다. 당연히 수행 점수도 최고점이었다. 칭찬도 듬뿍 들었다.

모둠 수행평가를 행복하게 마무리하다니……, 꿈만 같았다.

일주일 동안 사회 수업에서 정린이와 한 조가 되어 다양한 수행을 했는데, 처음부터 끝까지 완벽했다. 과제는 빠르고 정확하게 끝났고, 점수는 늘 최고였다. 수행을 하고 나면 성취감을 느꼈고, 제대로 배운 기분이 들었다. 예나, 나은, 정아도 새로운 모둠에 아주 만족스러워하며 즐거워했다. 물론 몇몇 애들은 괴로워했다. 안재성과 임현석은 수업 시간 내내 투덜거렸고, 끝나고 나서는 괜히 선생님을 헐뜯는 욕을 내뱉기도 했다. 조영호와 원동찬은 노력은 하는데 결과는 늘 신통치 않았다. 신보라와 짝이 되어 뾰로통해진 이태경을 보는 재미도 쏠쏠했다. 그동안 우등생들에게 묻어 가느라 드러나지 않았던 수행 실력이 적나라하게 드러났다. 모두가 실력대로 정직하게 점수를 얻었다. 내가 바라던 공평한 결과였다.

정린이와 함께한 모둠 활동이 끝나니 무척 아쉬웠다. 새로운 모둠 구성 방식으로 진행한 수행평가 결과를 확인하고 선생님도 우리가 한 문제 제기와 요구가 정당함을 인정할 수밖에 없겠지만, 우리가 원하는 대로 계속해서 모둠을 구성해 주리라는 기대는 하지 않았다. 그나마 우리가 한 항의를 한 번이라도 들어주어서 다행이라고 여겼다. 앞으로 모둠 활동은 예전처럼 불공평한 상태로 되돌아가고, 내 고통도 되살아날 거라 생각하니 어깨가 힘없이 구부러졌다.

최미경 선생님이 3인 1조로 모둠을 이뤄 '도시 개선 방향'에 관한 토론을 하겠다고 말했다. 나는 제발 안재성이나 임현석 같은 쓰레기와 한 모둠이 되지 않게 해 달라고 간절히 빌었다. 둘 다 좋은 모둠원이길 바라지는 않았다. 그저 한 명이라도 괜찮은 애와 모둠이 되게 해 달라고 빌었다.

"유정린, 박채원, 권우현! 1모둠"

내 이름이 유정린, 권우현과 같이 불리다니, 정말 깜짝 놀랐다. 다른 과목 수업에서도 이처럼 완벽한 모둠이 된 적은 단연코 없었다. 최미경 선생님이 혹시 이름을 잘못 부르는 실수를 하지 않았나 잠깐 의심했지만 뒤이어 이어진 모둠 구성을 보니 실수가 아니었다. 모든 모둠이 학업 실력과 성실성에 정비례했다. 어정쩡한 애들은 어정쩡한 애들끼리, 쓰레기는 쓰레기끼리 묶은, 아주 깔끔한 분리수거였다.

더는 의심할 여지가 없었다. 최미경 선생님은 우리가 한 요구를 깔끔하고 완전하게 수용했다. 믿기 힘들었지만 사실이었다. 선생님이 어떤 까닭으로 우리 의견을 모조리 수용했는지는 모르겠지만, 보아 하니 이번만 그리하고 말 분위기도 아니었다. 처음 2인 1조 모둠을 수준별로 구성했을 때는 다들 긴가민가했지만, 3인 1조 토론 모둠조차 수준별로 구성하니 나쁜 아니라 거의 대다수가 최미경 선생님 속뜻을 알아차린 듯했다. 공부 잘하고 성실한 애들은 대놓고 좋아했고, 쓰레기들은 자신도 쓰레기면서 쓰레기와 한 모둠으로 묶인 걸 대놓고 싫어했다. 내 눈에는 더는 공짜로 점수를 얻지 못하는 정직한 현실 앞에서 드러내는 비겁한 안타까움으로 보였다. 솔직히 따져 보면 그들 처지에서도 안타까운 상황은 아니었다. 이제야말로 남에게 얹히지 않고 스스로 노력해서 정직하게 점수를 받을 기회이기 때문이다. 얹혀 가지 못하고 스스로 해야만 하는 상황이 되었으니 조금이라도 노력할 수밖에 없기에 예전보다 실력도 늘 것이다. 또한 자신들이 게으름을 피우고 꼴통 짓을 할 때 정린이나 나처럼 성실한 학생들이 얼마나 괴로웠는지를 알게 되면서 역지사지하는 배려심을 배울지도 모른다. 여러모로 따졌을 때 최미경 선생님이 한 선택은 교육 효과 측면에서도 좋은 결정이었다.

모둠을 만든 뒤 선생님은 심각한 오염 문제를 해결하고 친환경 도시로 거듭난 사례를 보여 주었고, 영상을 시청한 뒤 모둠별로 내용을 정리하는 활동을 했다. 셋이 힘을 합치니 내용 정리는 순식간에 끝났다. 권우현은 예상대로 성실하고 뛰어났다. 평소에 권우현이 괜찮은 남자애라는 사실은 알았지만 같이 모둠 활동을 해 보니 생각보다 더 괜찮았다. 이태경과 절친한 사이가 아니라면 가까운 친구로 지내고 싶을 정도로 마음에 들었다.

내용 정리가 끝나자 선생님은 과제를 내주었다.

"월요일 수업에서 모둠별 토론 대결을 할 거야. 모둠별 토론 상대를 알려 줄게. 1모둠은 6모둠과 토론, 2모둠은 7모둠과 토론……."

1모둠인 우리와 토론할 6모둠은 이태경, 박준형, 신보라였다. 나는 속으로 쾌재를 불렀다. 틈만 나면 깝작거리는 이태경을 제대로 짓밟아 줄 기회였기 때문이다. 또한 늘 예쁜 척 약한 척하며 뒤로 자기 이익만 챙기는 신보라에게 제대로 한 방 먹여 줄 기회이기도 했다.

"각 모둠별 토론 주제와 기본 근거는 선생님이 올려놓은 인터넷 영상 강의에 소개해 놓았으니 다음 수업 전까지 잘 보고 준비해. 각 주제에 따른 찬성과 반대 의견은 토론하기 바로 전에 주사위 던지기로 결정할 테니 찬성과 반대 쪽 의견을 모두 준비하는 게 좋을 거야. 질문 있니? 없으면 오늘 수업 끝!"

다른 애들은 수업이 끝나자마자 우르르 흩어졌지만 우리 셋은 다 같이 만날 약속을 잡았다. 셋 다 바빴지만 약속을 잡기는 어렵지 않았다. 모두 책임감이 강하고 성실해서 뒤로 빼지 않았기 때문이다. 우리는 약속 시간에 모여서 함께 선생님이 올려놓은 강의를 시청하고, 토론도 함께 준비하자고 약속했다.

그다음 날, 우리는 약속 시간에 맞춰 만나 함께 강의를 시청하며 토론을 대비했다. 강의에서 선생님은 그동안 수업에서 계속 다루었던 도시 문제를 간략하게 정리한 뒤, 이를 해결하기 위한 다양한 대책을 소개했다. 토론 주제는 총 다섯 가지였는데, 선생님이 소개한 도시 문제 해결책이 과연 우리 지역에 적용하기에 적절한지 여부였다. 우리 모둠에게 주어진 토론 주제는 '차 없는 거리 만들기'였다. 과연 우리 도시에 '차 없는 거리 만들기' 정책을 시행해도 될까? 셋이 머리를 맞대며 찬성과 반대 의견을 뒷받침하는 근거를 각각 준비했고, 서로 역할을 나눠 모의 토론도 했다. 모의 토론을 바탕으로 논리를 다시 다듬고, 각자 집에서 자료 조사를 더 해 보고 혹시 보충할 내용이 있으면 서로 공유하기로 했다. 같이 모여서 의논을 하고 준비를 하는 내내 초고속 인터넷처럼 막힘이 없었다. 과거에는 이런 모임을 하기만 하면 왜 안 했냐고 다그쳐야 했고, 불성실함과 변명에 짜증이 났고, 무능력에 한숨을 내쉬었고, 역할 분담을 한 뒤에도 책임을 다하리란 믿음이 없어서 불안했다. 그런데 이번에는 그 어떤 다그침도 짜증도 한숨도 불안도 없었다. 솔직히 말하면 적당히 게으름을 부려도 괜찮았다. 내가 최선을 다하지 않아도 정린이와 권우현이 잘했기 때문이다. 모임은 깔끔하게 끝났고, 틈나는 대로 보충 자료도 찾아서 서로 공유했다. 완벽한 준비였다.

월요일 사회 수업, 첫 토론 차례가 바로 우리였다. 주사위를 던져서 상대보다 더 큰 수가 나오면 찬성이었는데 우리가 큰 수가 나왔다. 우리는 찬성과 반대 주장을 뒷받침하는 근거를 꼼꼼하게 준비했기에 찬성이 나오든 반대가 나오든 자신이 있었다. 그렇지만 박준형과 신보라를 보니 당황한 기색이 엿보였다. 아마도 반대 주장을 뒷받침하는 근거는 제대로 준비하지 못한 듯했다.

"괜찮아, 괜찮아! 우리가 이겨! 나만 믿어."

이태경이 허세를 부리며 박준형과 신보라를 달랬다. 이태경이 부리는 저런 허세는 하도 많이 봐서 비웃음조차 나오지 않았다. 우리 편 유정린이 먼저 입론을 펼쳤다. 유정린은 자동차로 인한 문제점을 꼼꼼하게 짚은 뒤, 차 없는 거리 만들기 정책이 타당함을 차분히 설명했다.

"말은 그럴듯해요. 그런데 우리가 사는 도시 어디에 차 없는 거리를 만들 건데요?"

이태경이 거만하게 물었다.

마치 그 질문 하나면 우리가 곧바로 허물어지리라고 생각하는 듯했다. 우리끼리 모여 모의토론을 할 때 이미 충분히 논의를 했던 사안이었기에 권우현이 깔끔하게 답변을 했다.

"박채원 토론자는 방금 우현이, 아니 권우현 토론자가 말한 곳으로 많이 놀러 가죠?"

이태경이 나를 지목하며 질문했다. 아무래도 나를 가장 만만하게 본 듯했다.

"네!"

"거기서 뭐 하세요?"

뭐 그딴 걸 묻냐고 쏘아붙이고 싶은 충동을 살며시 눌렀다.

"노래방도 가고, 떡볶이도 먹고, 영화도 보고, 물건도 사죠. 다들 그러잖아요."

나는 아주 상냥하게 대답했다.

"차 없는 거리를 만들면 거기까지 어떻게 갈 거예요?"

"차가 없으니 걸어가든지, 자전거를 타고 가야죠."

"걷는 거 싫어하지 않나요?"

이태경은 나를 지나치게 잘 안다. 나는 인정했다.

"박채원 토론자뿐 아니라 다들 걸어가기는 힘들죠. 그러면 자전거를 타고 간다는 말인데……. 전에 보니까 아주 짧은 치마를 입고 놀던데, 그러면 자전거 타고 가지는 못하지 않나요?"

'너 나 스토킹 하냐?' 하고 따지려다가 '수업이야, 수업!' 하며 스스로를 달랬다.

"바지 입고 자전거 타면 되죠."

내가 왜 이런 유치한 대답을 해야 하지? 옆으로 그만 새자, 이태경!

"앞으로 놀러 갈 때 치마 안 입을 건가요? 그 약속 지킬 수 있어요?"

이게 지금 토론에서 할 이야기니? 야, 이태경!

"지금 이태경 토론자가 말하는 질문은 박채원 토론자 개인에 해당하는 내용으로, 우리가 토론하는 주제와는 상관없는 논리입니다."

정린이가 아주 멋지게 되받아쳤다. 쌤통이다.

"전혀 그렇지 않습니다. 차 없는 거리를 만들면 그만큼 불편하다는 거죠. 치마를 입고 싶은데 못 입는다는 불편함은 수많은 불편 가운데 하나일 뿐이에요. 더 심각한 불편이 얼마나 많을지 생각해 보세요. 과연 사람들이 그 불편함을 받아들일까요? 그러니 이상은 좋지만 실현 가능성은 없다고 봅니다."

이태경은 아주 득의양양한 표정을 지었다. 내 치마를 꼬투리 삼아서 우리 주장 모두를 부정해 버렸다. 딱 이태경다운 방식이었다. 그러나 이태경은 우리를 잘못 알았다. 만약 혼자서 이태경을 상대했다면 여느 때처럼 또다시 이태경에 휘말려서 토론이 산으로 바다로 갔겠지만, 내 모둠에는 정린이와 권우현이 있었다.

"스페인 폰테베드라 시는 오래전에 차 없는 도시를 만들었습니다. 차 없는 거리에는 심지어 전철이나 버스와 같은 대중교통도 못 들어갑니다. 걷지 않으면 그 거리에 들어가지 못합니다. 사람들이 처음에는 이태경 토론자 주장처럼 엄청 불편해하고 불만이 많았습니다. 그렇지만 점차 익숙해지자 도시 골목이 모두 살아나고, 도시가 깨끗해지고, 아이들이 골목에서 뛰어 놀고, 교통사고도 안 나니 죽거나 다치는 사람도 거의 없어졌다고 합니다. 관광객들도 늘어나면서 지역 경제도 살아났고요."

정린이가 미리 준비한 예시로 이태경을 한 방 먹였다.

"이탈리아에 있는 베니스란 도시 아시죠? 베니스는 옛날 건물이나 도로를 그대로 유지해 왔는데, 그 덕분에 도시에 차가 다니지 않습니다. 차가 다니지 않으니 공기가 맑고, 사고가 없으니 안전해서 사람들이 아주 자유롭고 행복하게 산다고 합니다. 잘 아는지 모르겠지만 베니스는 관광 도시로 아주 유명합니다."

권우현이 두 방째를 먹였다.

"이태경 토론자는 『지구를 살리는 7가지 불가사의한 물건들』이란 책을 읽어 보셨나요?"

나는 일부러 이태경 자존심을 건드렸다. 안 읽었을 게 분명했기 때문이다. 이태경은 아무런 대꾸도 안 했다.

"그 책에서 저자인 존 라이언은 지구를 살리는 물건으로 자전거, 빨랫줄, 천장 선풍기 등을 제시하며 불편함을 받아들이는 물건을 써야 지구를 살릴 수 있다고 말합니다. 이태경 토론자는 불편하니 차 없는 거리를 만들지 말자고 하는데, 사실은 바로 그 이유 때문에 차 없는 거리를 만들어야 합니다. 지구를 살리려면 편안함이 아니라 불편함을 받아들여야 합니다."

나는 이태경만 알아보게 슬쩍 비웃어 준 뒤 마지막 결정타를 날렸다.

"지금 저라면 치마를 못 입는 불편함에 불만이겠지만, 차 없는 거리를 만든다면 기꺼이 그 불편함을 받아들이겠습니다."

아, 물론, 솔직히 바지를 입고 놀러 갈 마음은 없다. 그러나 토론을 이겨야 하기에 교묘한 조건을 걸어 바지를 입겠다고 말했다. 그 뒤로 박준형이 조금 그럴듯한 반박을 하고, 이태경이 발버둥을 쳤지만 곧바로 진압을 당했다. 신보라는 끝까지 한마디도 안 했다. 토론은 누가 보더라도 우리 승리였다.

"좀 살살하지."

토론을 끝낸 뒤 이태경이 친구인 권우현 어깨를 한 대 치면서 투덜거렸다.

"살살 때린 거야. 준비한 대로 휘둘렀으면 넌 죽었어."

권우현은 싱글싱글 웃으며 장난으로 받아넘겼다.

이태경이 나에게도 뭐라고 하면 자존심을 뭉개 버리는 말을 하려고 준비했는데, 이태경은 나한테는 아무 말도 않고 자기 자리로 돌아갔다.

수행 점수는 당연히 A였고, 만족감도 높았다. 토론을 준비하고 실제로 토론을 하면서 배우고 느낀 점도 많았다. 확실히 수준에 맞는 모둠으로 수행평가를 하니 공평할 뿐 아니라, 공부 효율도 좋았다. 앞으로 사회뿐 아니라 다른 과목도 수준별로 하면 좋겠다는 생각이 들었다. 다섯이 힘을 합쳐서 다른 과목 선생님들에게도 요구를 해 보면 어떨까? 최미경 선생님이 선례를 만들었으니 다른 선생님들에게 요구하기도 쉬울 듯했다. 효과도 검증했기에 최미경 선생님에게 요구할 때보다 더 타당하게 말할 자신도 생겼다. 친구들과 다시 한번 의논을 해 보기로 마음먹었다.

이것이 바로 참된 남녀평등이다

이태경

다시 체육 수업이다. 체육관 바닥에 앉아서 우울함을 달랬다. 배드민턴 대결이 펼쳐지면 나는 잇달아 다시 패배를 당할 게 뻔했다. 승리할 가능성이 거의 없는 대결은 재미가 없다. 심지어 게임을 할 때조차 그렇다. 지나치게 어려워서 맨날 패하는 게임은 하기 싫다. 게임도 그러한데 체육은 오죽하겠는가? 옆에 앉은 우현이가 장난을 걸었지만 울적함에 젖은 탓에 제대로 맞장구를 치지 못했다.

"오늘부터 경기 대결 방식을 바꿀 거야."

체육 선생님 첫 마디에 귀가 번쩍 열렸다. '설마' 하는 생각이 들었다.

"배드민턴 대결은 남녀를 불문하고 뒤섞기로 했어."

설마가 진짜로 바뀌었다.

"오늘부터 할 경기는 무작위 추첨으로 대결 상대를 정했어. 아, 물론 지난번 승부 결과는 그대로 인정하고."

여기저기서 웅성거리는 소리가 들렸다. 남자들 사이에서는 환영하는 소리가, 여자들 사이에서는 당황하는 소리가 대부분이었다.

"선생님, 왜요? 왜 갑자기 그런 식으로……."

강정아가 거칠게 물었다.

"기존 대결 방식이 남학생들에게 불공평하다는 불만이 많아서."

선생님 눈길이 나에게 잠시 머물다 사라졌다. 선생님 눈길을 따라서 여자애들이 모두 나를 쳐다볼까 봐 잠깐 움찔했다. 다행히 선생님은 여학생들이 눈치를 챌 만큼 나를 오래 바라보지는 않았다.

"가만히 생각해 보니 나름 타당한 지적이란 판단이 들었어. 실력이 높으면 승리해서 높은 점수를 얻고, 실력이 낮으면 패배해서 낮은 점수를 받는 게 당연하잖아? 다른 과목도 다 그렇게 하니까. 배드민턴은 타고난 신체 능력이 그렇게 큰 영향을 끼치지도 않으니, 공평하게 모두 뒤섞어서 하기로 결정했어."

체육 선생님은 '결정'이란 말에 유난히 힘을 주었다.

"남자애들이랑 하면 여자들이 어떻게 이겨요?"

맨날 약한 척, 예쁜 척하는 신보라가 또다시 약한 척하는 투로 말했다.

"야, 야, 예나 봐라! 예나랑 붙어서 이길 남자가 몇 명이나 있겠냐?"

"그래, 그래! 현지는 또 어떻고."

"채원이도 엄청 잘 치던데 뭘."

남자들이 여기저기서 들고 일어나며 선생님에게 힘을 보냈다.

"페미 강정아 님도 만만치 않지."

임현석이 빈정거리며 말했다.

"저게!"

강정아가 벌떡 일어나려고 하니, 둘레에 있던 여학생들이 말렸다.

"기주는 여학생들도 만만하잖아. 안 그래?"

이런 분위기에 김기주 얘기를 꺼내다니……. 임현석은 역시 인성이 엉망이었다. 가까이 하면 안 될 놈이었다. 체육 선생님에게 항의를 할 때야 어쩔 수 없었지만 앞으로 다시는 임현석을 가까이 하지 않아야겠다고 다짐했다.

"됐어, 됐어! 이제 그만! 조용히 해!"

체육 선생님이 버럭 소리를 질렀다. 다들 체육 선생님 기세에 눌려 일순간 조용해졌다.

"이미 무작위로 추첨해서 대진표까지 다 짰으니까 그냥 따라. 알았어?"

대답이 나오지 않았다.

"왜 대답을 안 해. 알았어?"

체육 선생님이 강히게 몰아붙였다.

"네~엡!"

"네~에."

남자들은 큰 소리로 대답했고, 여자들은 낮은 소리로 마지못해 대답했다.

화가 치밀어서 그냥 항의해 본 건데, 이렇게 현실이 되다니 기적 같았다. 체육 선생님이 새롭게 짠 대진표를 불러 주었을 때는 날아갈 듯 즐거웠다. 내 첫 상대가 이선혜였기 때문이다. 이선혜가 배드민턴을 치는 모습을 눈여겨본 적은 없지만 전혀 걱정을 안 했다. 이예나와 송현지만 아니면 내가 겁먹을 상대는 우리 반 여학생 중에 없었다.

조금 뒤 경기가 열리고, 나는 바로 이선혜와 경기를 치렀다. 가위바위보에서 이긴 이선혜가 서브권을 얻었다. 이선혜는 배드민턴 라켓을 쥔 오른손을 발끝에 거의 닿을 만큼 아래로 길게 늘어뜨리고, 왼손으로는 공을 잡은 채 서브를 넣을 준비를 했다. 가볍게 숨을 내쉬더니 왼손에 잡은 공을 톡 놓았다. 그러고는 있는 힘껏 오른손에 쥔 채를 위로 쳐 올렸다. 강하게 맞은 공은 높이 치솟은 뒤 나에게로 넘어왔다. 공은 내 머리 위로 날아왔다. 나는 가볍게 라켓을 들어 이선혜 왼쪽 뒤편을 노리고 공을 쳤다. 내 손놀림은 부드러웠다. 내 라켓에 맞은 공은 네트를 넘어 이선혜 코트 왼편 구석진 곳으로 날아갔다. 이선혜는 공이 날아가는 쪽을 멀뚱멀뚱 쳐다보았다. 공이 향하는 지점으로 재빨리 움직여서 받아야 하는데 전혀 그러지 않았다. 아니 그럴 능력이 없는 듯했다. 공은 이선혜 코트 왼쪽에 떨어졌고 나는 1점을 얻었다. 1점을 얻기가 이렇게 쉽다니, 조금 허탈하기까지 했다.

서브권이 내게 왔다. 서브를 어렵게 주고 싶지는 않았다. 나는 실력이 뛰어난 사람으로서 약자에 대한 예의를 갖춰서 서브를 넣었다. 내가 넣은 서브는 이선혜가 아주 치기 좋은 방향으로 날아갔다. 머리 위로 왔으니 라켓을 위로 들어서 치면 딱 좋았다. 그러나 이상하게도 이선혜는 처음에 서브를 넣듯이 라켓을 아래에서 위로 힘차게 올리며 공을 받았다. 공을 저렇게밖에 치지 못하는 듯했다. 공은 높게 올라갔다가 네트를 넘은 다음 딱 치기 좋게 내 이마 위로 왔다. 나는 또다시 이선혜 코트 왼편 구석 방향을 노리고 공을 쳤다. 공은 내 뜻대로 날아갔고, 또다시 이선혜는 멀뚱멀뚱 공을 바라보기만 했다. 또다시 1점을 얻었다. 2:0이 되었다. 그 뒤에는 똑같은 일이 거듭 일어났다. 마치 영상을 끊임없이 되돌려서 재생하는 듯했다. 3:0, 4:0, 5:0, 6:0까지 똑같은 방식으로 점수가 올라갔다. 이선혜가 생각이 조금이라도 있다면 다른 방식으로 공을 칠 만도 한데, 똑같이 되풀이하다니 조금 안쓰럽기까지 했다. 그렇다고 일부러 져주기는 싫었다. 다시 서브를 넣었는데 똑같이 반응해서 나도 똑같이 공을 쳤고, 나는 첫 승을 거두었다. 승리를 하기는 했는데 그리 기쁘지는 않았다. 대충해도 금방 다 이기는 게임을 한 판 한 듯했다. 더구나 착한 이선혜에게 이겨서 그런지 찜찜한 기분마저 들었다.

1승을 거둔 뒤 바닥에 앉아 다른 애들이 벌이는 대결을 구경했다. 재미난 대결은 거의 없었다. 이길 만한 애들이 예상대로 이겼기 때문이다. 그러다 정말 재미난 대결이 눈에 띄었다. 바로 김기주와 신보라가 벌이는 대결이었다. 둘 다 정말 못했다. 공은 소심하게 넘나들었다. 네트 바로 위를 간신히 왔다 갔다 했는데, 누가 이길지 어림하기 어려웠다. 점수도 팽팽했다. 기주가 1점을 따면 바로 신보라가 1점을 땄고,

다시 김기주가 1점을 따면 다시 신보라가 1점을 따라갔다. 팽팽한 대결은 6:6까지 이어졌다. 듀스는 없으므로 마지막 1점을 따는 쪽이 승리였다. 그 어떤 경기에도 없는 긴장감이 신보라와 김기주 사이를 흘렀다. 신보라가 신중하게 서브를 넣었다. 김기주는 머리 위로 날아온 공을 톡~ 쳐서 넘겼고, 신보라도 같은 방식으로 공을 쳤다. 톡 톡~ 공은 세지도 길지도 않게 넘나들었다. 오고가는 공을 따라 내 시선이 좌우로 계속 움직였다. 그러다 김기주가 실수를 했다. 공이 라켓 가운데에 제대로 맞지 않고 테두리에 걸렸다. 테두리에 맞은 공은 네트에 걸릴 듯 말 듯 날아갔다. 공 뒷부분 깃털이 네트에 걸렸다. 공은 다시 김기주 코트로 떨어질 듯하다가 아슬아슬하게 신보라 네트로 넘어갔다. 그 바람에 박준형이라 해도 받아 내기 힘든 쪽으로 공이 떨어졌고, 신보라는 손도 쓰지 못하고 점수를 내주었다. 김기주가 이겼다! 나는 내가 이긴 것보다 더 기뻤다.

"김기주 멋지다!"

나도 모르게 소리를 질렀다.

김기주가 멋쩍게 머리를 긁적이며 나를 보았다. 신보라는 발을 동동 구르며 나를 째려보았다. 신보라가 그런 반응을 보이니 더욱 기분이 좋았다.

"고마워."

김기주가 내 옆으로 지나가며 작은 소리로 말했다. 뭐라고 대꾸해야 할지 몰라 그냥 어깨만 으쓱하고 말았다. 김기주와 어색하게 마주

했지만 기분은 아주 좋았다. 이선혜와 경기를 끝낸 뒤 찾아왔던 찝찝함은 김기주가 거둔 승리를 보며 깨끗이 사라졌다. 김기주는 남자들과 경기를 했다면 단 1승도 거둘 가능성이 없었다. 김기주는 배드민턴뿐 아니라 그 어떤 경기에서도 승리를 해 본 적이 없다. 늘 골골 대고 툭하면 아프다고 보건실로 가는 김기주가 남자들과 대결에서 승리를 거두기는 불가능했다. 그런 김기주가 여학생들과 경기를 하면서 1승을 거두었다. 수준은 낮았지만 신보라와 김기주가 벌인 경기는 아주 팽팽했다. 과거 대결 방식은 김기주에게 아주 불공평했지만, 내가 체육 선생님에게 요구해서 새롭게 채택된 대결 방식은 김기주에게 아주 공평했다. 김기주에게도 승리할 가능성이 주어지는 공평한 대결 방식을 바로 내가 제안했다. 내가 김기주에게 큰 도움이라도 준 듯해서 무척 뿌듯했다.

상쾌한 기분으로 다른 경기를 구경하는데 선생님이 나를 호출했다. 내가 2차전을 치를 차례였다. 지난번 첫 경기까지 포함하면 3차전이었다. 나는 내 앞에 불려 나온 상대를 보고 속으로 환호성을 질렀다.

"채원이랑 태경이는 3코트에서 경기!"

나는 각오를 단단히 하고 코트에 섰다. 다른 사람에게는 져도 박채원에게는 절대로 지지 않겠다고 굳게 다짐하며 라켓을 움켜쥐었다. 가위바위보를 했다. 내가 이겼다. 좋은 징조였다. 먼저 서브 넣을 권리가 내게 왔다. 박채원이 제법 멋진 자세를 취했다. 이선혜보다는 틀이 잡힌 자세였다. 그래 봤자 여자다. 이예나와 송현지가 아니라면 그 어떤 여학생과 경기를 해도 이길 자신이 있었다.

"살살해라!"

내가 웃으며 말했다. 박채원은 딱딱하게 굳은 채 라켓을 빙글빙글 돌렸다.

"첫 서브는 곱게 줄게."

이선혜에게 하던 대로 첫 서브를 넣었다. 공은 아주 치기 좋게 박채원 머리 위로 갔다. 나는 박채원도 이선혜처럼 곱게 쳐서 나에게 넘겨줄 줄 알았다. 그런데 박채원이 라켓을 세게 휘둘렀고, 공은 빠른 속도로 내게 날아왔다. 헉! 맙소사! 조영호가 때린 공보다는 느렸지만 받기 쉽지 않은 공이었다. 더구나 이 정도로 박채원이 잘할 줄은 몰랐기 때문에 제대로 반응하기도 어려웠다. 내가 미처 라켓을 왼쪽으로 옮기기도 전에 공은 내 왼편을 지나가더니 바닥에 떨어졌다. 1점을 빼앗겼다. 박채원이 "아싸!" 하며 좋아했다.

'뭐야? 왜 저렇게 잘해?'

머릿속이 하얘졌다.

"너, 나 만만하게 봤지? 이래 봬도 초등학교 때 트윈스민턴으로 단련된 솜씨야."

트윈스민턴이라니, 처음 들어 보는 운동이었다. 시합을 마치고 나중에 알아보니 트윈스민턴은 배드민턴과 비슷한 운동으로 네트를 사이에 두고 공을 치고받는 운동이었다. 배드민턴은 라켓이 하나지만 트윈스민턴은 라켓이 두 개다. 라켓도 배드민턴과 달라서 손잡이에 공을 치는 게 달려 있고, 그물망이 아니라 탄력 있는 고무 모양이다. 두 손을 빠르게 모두 사용해야 해서 상당한 운동 신경을 요하는 종목이었다.

아무튼 트윈스민턴이 뭔지도 모른 채 나는 바짝 긴장했다. 이예나와 송현지를 만나서 패하면 자존심이 상하지 않겠지만, 다른 여학생, 그것도 박채원에게 패하면 나는 남자애들 사이에서 고개를 들고 다니지 못하게 될 것이다. 남들이 뭐라고 하지 않더라도 내가 자존심이 상해도 견디지 못한다. 이를 악물었다.

박채원이 서브를 넣었다. 서브는 좋게 들어오지 않았다. 힘들게 받아 넘겼다. 박채원이 길게 쳤고, 나는 황급히 뒤로 물러나며 라켓을 휘둘렀다. 그런데 제대로 맞은 느낌이 들지 않았다. 뭔가 살짝 잘못 맞은 듯했다. 아니나 다를까 공은 네트에 걸려서 내 코트에 떨어지고 말았다. 이런! 2점을 빼앗겼다.

"아싸!"

박채원이 또다시 주먹을 불끈 쥐며 기합을 넣었다.

0:2라니, 내 예상을 완전히 벗어난 전개였다. 두 점 정도는 언제든지 따라갈 자신이 있다면서 자신을 다독였다. 그러나 긴장을 모두 떨치지는 못했다. 긴장을 해서인지 그다음 대결에서도 패하고 말았다. 짧은 거리에서 빠르게 공을 주고받았는데, 박채원은 나보다 순발력도 좋고 몸에 바짝 붙는 공을 훨씬 잘 처리했다.

'한 점도 따지 못했는데 3점이나 잃다니, 이러다……'

패할지도 모른다는 불안감이 강하게 찾아왔다.

'아니야, 그렇지 않아! 아직 4점이나 남았어'

오른발과 왼발을 번갈아 뛰며 긴장을 풀었다.

'지면 안 돼. 절대 지면 안 돼! 아니, 지지 않겠어!'

나를 짓밟고 또다시 잘난 척할 박채원을 떠올리며 다짐을 했다.

'그런 꼴은 못 봐. 절대로!'

다시 서브가 들어왔다. 조금 길게 넘어가도록 받아쳤다. 박채원이 뒤로 물러나며 공을 되받았다. 코트 중간쯤으로 공이 날아왔다. 박채원으로서는 세게 친 듯한데 힘이 부족한 듯했다. 나는 코트 앞쪽을 겨냥하며 천천히 받아쳤다. 내 의도대로 공은 박채원 코트 앞쪽으로 향했다. 박채원이 빠른 걸음으로 다가와 공을 받았다. 공은 다시 내가 치기 좋게 가운데로 왔고 나는 세게 쳐서 먼 쪽으로 보냈다. 그렇게 몇 번을 거듭했다. 대여섯 번 공이 오갔고, 마지막으로 내가 친 공이 코트 뒤쪽으로 바짝 붙어서 날아갔다. 또다시 박채원은 빠른 걸음으로 뒤로 물러서서 라켓을 휘둘렀는데 이번에는 공이 네트를 넘어오지 못했다.

"아싸!"

나는 주먹을 불끈 쥐며 기합을 넣었다. 1:3이다. 드디어 1점을 얻었다. 나는 1점을 얻어서도 좋았지만, 박채원 약점을 찾아낸 점이 더 좋았다. 박채원 약점은 힘이었다. 트윈스민턴을 많이 해서 그런지 몰라도 가까운 쪽은 처리를 잘했지만, 먼 곳으로 공이 날아가면 제대로 처리하지 못했다. 기술은 나보다 좋았지만, 힘이 약했다. 맨날 학원에 다니고, 공부만 하는 데다 삐쩍 말랐으니 힘이 모자라는 게 당연했다. 약점을 찾아낸 나는 박채원 약점을 집중 공략했고, 2점을 더 얻었다. 3:3이 되었고, 그 이후에는 서로 1점씩 주고받으며 팽팽한 경기가 이어졌다. 6:6이 되었다. 이제 마지막 1점을 얻은 쪽이 이긴다. 박채원이 숨을 몰아쉬었다. 6:5에서 승부를 내지 못한 게 아쉬웠지만, 재빨리 털어 내고 공에 집중했다. 박채원은 나를 노려보며 서브를 어떻게 넣을지 궁리했다. 오른쪽 왼쪽으로 비트는 시늉을 하더니 내 왼쪽을 향해 서브를 넣었다. 그러나 욕심이 과했다. 공은 네트를 넘어오지 못했다. 내 승리였다. 내가 박채원을 이겼다.

"아자! 아자!"

나는 방방 뛰면서 승리를 만끽했다. 박채원은 바닥에 떨어진 공을 잠시 내려 보더니 몸을 휙 돌려서 가 버렸다. 패배한 박채원 표정을 보고 싶었는데 몹시 아쉬웠다. 나는 소리를 지르며 기쁨을 표현했고, 우현이도 와서 축하해 주었다. 내가 박채원에게 승리를 거둔 경기를 끝으로 체육 수업은 끝났다.

박채원은 제법 잘했다. 나와 박채원은 실력이 대등했다. 경기도 막상막하였다. 마지막 서브가 제대로 들어왔다면 승부가 어찌 될지 모를 일이었다. 질 뻔한 경기를 승리로 이끌어 낸 내가 자랑스러웠다. 박채원이 지닌 장점과 약점을 파악해 약점을 적절하게 공략했기에 거둔 승리였다. 내 역량과 작전이 이룬 쾌거였다. 따라서 아주 공평한 경기였고, 정당한 승부였고, 영광스러운 승리였다. 박채원은 정당한 대결에서 패했다. 만약 체육 선생님이 대결 방식을 바꾸지 않았다면 박채원은 손쉽게 6승을 거두었을 것이다. 그러나 대결 방식이 공평하게 바뀌자 박채원은 나와 대결해야만 했고, 패배를 당하고 말았다. 박채원에게도 기회는 공평하게 주어졌다. 다만 나는 승리했고, 박채원은 패했을 뿐이다.

내가 패했더라면 쪽팔렸겠지만 공평한 대결이었기에 억울해하지는 않았을 것이다. 상대가 박채원이라 속이 쓰라렸겠지만 정당한 패배는 기꺼이 받아들였을 것이다. 대결 방식이 공평하면, 결과도 공정해지고, 반발심도 없어진다는 사실을 확인한 대결이었다. 박채원과 내가 벌인 대결은 공평한 대결이 무엇인지 보여 주는 모범이었다. 그것은 참된 남녀평등을 이룬 대결이었다.

나는 정말 평등을 원할까?

박채원

나는 과학을 좋아한다. 2학년 과학 수업에는 자연과학부를 이끄는 송윤정 선생님이 들어오지 않아서 조금 아쉽다. 터놓고 말하면 2학년 과학 선생님이 가르치는 방식은 고리타분하다. 송윤정 선생님은 끊임없이 질문을 던지고 원리를 스스로 파고들게 만드는 데 반해 2학년 과학 선생님은 교과서 내용을 충실히 전달하는 데 초점을 둔다. 학원에서 선행을 한 데다 자연과학부에서 터득한 지식까지 쌓인 나로서는 과학 수업에서 접하는 지식이 전혀 신선하지 않다. 그래도 과학이기에 재미있고, 내 역량을 뽐낼 기회이기에 즐겁다. 물론 대놓고 잘난 척하며 나대지는 않는다. 나는 신보라와 같은 관종('관심종자'를 줄인 말. 인정과 관심을 지나치게 바라는 이를 비하하는 뜻이 담긴 신조어)이 아니다. 신보라는 조금이라도 잘하는 게 걸리면 주목받으려고 무척 나댄다. 나는 신보라처럼 멍청하지도 않고, 인정과 관심에 굶주리지도 않았다.

3교시, 가정 수업은 지루했다. 졸음이 쏟아졌는데 굳이 졸음을 쫓아내려고 애쓰지 않았다. 솔직히 가정 수업은 열심히 듣지 않아도 되기 때문이다. 시험을 앞두고 벼락치기를 해도 가정 점수는 늘 잘 나온다. 그러다 보니 다른 수업과 달리 가정 시간에는 졸리면 곧바로 졸음에 굴복한다. 가정 선생님에게 들키지 않게 자세를 취하며 단잠을 잤다. 대놓고 자는 애들도 많기에 대놓고 드러눕지 않은 나는 예의 바른 편이라고 자부한다. 가정 수업이 끝날 때쯤 깨어났는데 머리가 맑았다. 4교시는 내가 가장 좋아하는 과학 수업이라 더욱 상쾌했다.

친구들과 수다를 떨며 놀려고 하는데 과학 선생님이 들어왔다. 아직 쉬는 시간은 한참 남아 있었다.

"채원아!"

선생님이 나를 다정하게 불렀다.

"쌤 좀 도와줄래?"

"네~!"

과학 선생님은 나를 자주 찾는다. 나는 여느 때처럼 아무렇지 않게 선생님께 가서 수업 준비를 도와드리고는 자리로 돌아왔다.

"너 그거 아니?"

예나가 나를 보더니 작은 소리로 속삭였다.

"뭘?"

"쌤이 너를 부를 때랑 다른 애들을 부를 때랑 다른 거."

"뭐가 달라?"

"너를 부를 때는 '채원아!' 하면서 다정하지만, 나를 부를 때는 '이예나' 하면서 성을 꼭 붙여."

나는 단 한 번도 나와 예나 호칭이 다르다는 사실을 인식한 적이 없었다.

"정말?"

"몰랐어?"

"응. 전혀!"

"그러고 보니 나를 부를 때도 '임나은' 하면서 꼭 '임' 자를 붙였어."

나은이까지 동의하고 나서는 걸 보면 사실인 듯했다.

"너는 맨날 쌤이 부드럽게 불러 주니 알아채지 못하는 거야."

"원래 특별 대접을 받는 당사자는 모르는 법이지. 우리 같은 오징어들은 잘 알지만."

"야, 너희가 오징어라니…… 무슨."

당황해서 목소리가 커졌는데, 큰 목소리에 스스로 놀랐다. 혹시라도 과학 선생님이 들었을까 봐 힐끗 눈치를 살폈다.

"전에 과학 선생님이 들고 온 실험 기구를 네가 아무렇지 않게 만지기에 나도 호기심에 만지려고 했더니, 과학 선생님이 어떻게 했는 줄 알아?"

"어떻게 했는데?"

"선생님이 내 손을 탁 치면서 못 만지게 하는 거 있지."

역시 금시초문이었다.

"난 몰랐어."

"과학 쌤이 너를 워낙 좋아하니까, 그러려니 해."

예나가 쓴웃음을 지었는데, 마치 내가 잘못이라도 한 듯 얼굴이 화끈거렸다.

"원래 과학 쌤이 조금 차갑잖아."

나은이가 위로하는 뜻으로 말했는데, 나를 위로하려고 한 말인지 예나를 위로하려고 한 말인지 헷갈렸다. 예나에게는 모르겠지만 나에게는 전혀 위로가 되지 않았다. 과학 선생님이 나를 아낀다는 점이 충격으로 다가오지는 않았다. 나도 잘 알기 때문이다. 예나와 나은이를 부를 때 선생님이 성을 꼭 붙이고, 실험 도구도 못 만지게 한 사실은 전혀 몰랐지만, 내게 충격을 주지는 않았다. 내가 충격을 받은 지점은 예나랑 나은이가 나와 차별된 대접을 받는다는 사실을 내가 전혀 알아차리지 못했다는 데 있었다. 뭔가 찝찝했다. 그러나 그 찝찝함 속에 깃든 참된 의미를 그 순간에는 알아차리지 못했다.

4교시 수업 종이 울렸지만 선생님에게 집중하지 못했다. 과학 수업 시간에는 허튼 짓도, 딴 생각도 전혀 하지 않는 나였는데 대화로 인한 충격에 한동안 멍했다.

'이러면 안 돼! 정신 차려!'

겨우 마음을 추스르고 수업에 집중했다. 15분쯤을 설명만 하며 수업을 진행한 선생님은 인쇄물을 나눠주고 간단한 개별 수행을 시켰다.

모둠이 아닌 개별 수행이라 부담감이 전혀 없었다. 파장, 진동, 진폭, 진동수, 파형, 매질과 같은 개념을 정리하고, 파동과 관련한 간단한 실험을 설계하는 수행평가였다. 내가 확실히 아는 개념이었고, 실험 설계도 단순해서 아주 빠르게 빈칸을 채웠다. 빈칸을 다 채운 종이를 남들이 못 보게 뒤집어 놓고 고개를 들었다. 다들 종이를 붙잡고 씨름하고 있었다. 공부를 조금이라도 하는 애들은 개념은 금방 채웠다. 그러나 실험 설계를 채우는 데 애를 먹었다. 정린이조차 실험 설계 부분을 빨리 쓰지 못하고 지우고 쓰기를 거듭했다. 컴퓨터과학부인 권우현과 임나은도 빨리 적지 못하고 지우개를 거듭 사용했다. 공부 못하는 애들을 빼면 딴짓을 하는 사람은 이태경뿐이었다. 나보다는 느렸지만 이태경도 금방 끝낸 듯했다. 하기야 아무리 이태경이 자연과학부에서 대충 지냈다고 해도 1학년 때부터 실험 설계를 수없이 해 보았으니, 이 정도 수준은 껌 씹기보다 쉬울 수밖에 없었다. 애들이 워낙 어려워했기에 과학 선생님은 교실 곳곳을 돌아다니며 지적도 하고, 조금씩 도와주기도 했다.

실험 설계를 작성하는 시간이 오래 걸린 탓에 선생님이 계획한 진도를 다 나가기에 남은 시간이 모자랐는지, 선생님은 수업을 빠르게 진행했다. 안 그래도 밀이 빠른 선생님은 더 빠른 속도로 설명을 쏟아 냈다. 나는 다 아는 지식이었기에 선생님 설명을 따라가기가 아주 쉬웠다. 파동과 관련해서는 심화 문제까지 너끈하게 푸는 수준에 이르렀기에 굳이 공책이나 교과서에 적지도 않았다. 그러다 문득 수업을 들는 다른 애들은 저 빠른 설명을 따라가기가 버거울지도 모른다는 생각이 스쳤다. 다른 때는 전혀 해 본 적 없는 생각이었다. 또다시 찜찜함이 찾아왔다. 그렇지만 여전히 그 찜찜함에 담긴 참된 의미는 알아차리지 못했다.

과학 수업이 끝나고 드디어 점심시간이 왔다. 우리 학교 급식은 최고다. 주변 그 어떤 학교보다 맛있다. 1학년 때 카이스트 견학을 가서 맛있기로 유명한 급식을 먹어 보았지만, 우리 학교 급식보다 못했다. 나야 과학부에 들어가려고 늘품중학교를 택했지만, 급식이 좋다는 소문에 끌려서 늘품중학교를 택한 학생들도 정말 많았다. 엄마와 아빠에게는 미안한 말이지만(다른 집은 모르겠지만 우리 집에서는 아빠가 요리를 자주 한다.), 집에서 먹는 밥보다 학교 급식이 더 맛있다.

이처럼 맛있는 급식을 우리 반 대부분은 10분이나 기다렸다 먹어야 한다. 급식실이 좁아서 모든 학년이 한꺼번에 먹지 못하기 때문이다. 20분씩이나 기다려야 했던 1학년 때보다는 낫지만 맛있는 급식을 두고 억지로 기다려야 하는 10분은 끔찍한 고통이다. 다행히 나는 단한 번도 기다린 적이 없다. 우선급식 혜택을 받는 자연과학부 소속이기 때문이다. 1학년 때 예나는 나와 같은 자연과학부였는데, 자기에게 안 맞는다면서 도중에 그만두었다. 적성에 안 맞아 그만두기는 했는데, 그만둘 때 가장 고민했던 점이 바로 우선급식 혜택이었다. 1학년이니 자연과학부를 그만두면 20분이나 기다려야 하는데 그걸 참을 자신이 없었기 때문이다. 급식 때문에 고민하던 예나는 부담스러운 프로젝트를 새롭게 해야 하는 처지에 몰리자, 어쩔 수 없이 자연과학부를 그만두었다.

아무튼 자연과학부인 나와 이태경, 컴퓨터과학부인 나은이와 권우현은 괴로워하는 친구들을 뒤로 하고 여느 날처럼 먼저 급식실로 갔다. 우리는 줄지어 선 3학년들이 보내는 따가운 눈총을 즐기며 급식실로 들어갔다. 수요일은 특별 급식이다. 다른 날도 맛있지만 수요일에 나오는 특별 급식은 상상을 초월한다.

"어서 와!"

영양사 선생님이 우리를 친절하게 맞아 주었다. 늘 우선급식을 받기에 영양사 선생님도 우리를 잘 알았다. 특히 이태경은 영양사 선생님에게 예쁨을 듬뿍 받았다. 수요 특식은 스파게티에 돈가스였다. 맨 앞에 선 이태경은 식판이 넘칠 만큼 스파게티를 받았다. 돈가스도 가장 큰 걸 받았다. 이태경은 우선급식 혜택을 누리는 과학부 남학생들과 함께 떠들면서 밥을 먹었다. 나와 나은이도 과학부 여학생들과 함께 특별한 급식을 즐겼다. 맛있게 먹고 급식실을 나오는데 길게 줄지어 선 2학년들이 부러운 듯 바라보았다. 늘 느끼는 시선이기에 아무렇지 않았는데, 갑자기 묘한 기분이 들었다. 또다시 찝찝했다.

'이 찝찝함은 대체 뭐지?'

과학부가 우선급식 혜택을 누리는 까닭은 점심시간마다 과학부 활동을 하기 때문이다. 여느 때와 마찬가지로 과학 실험실에서 활동을 하고, 송윤정 선생님이 도와 달라고 해서 교무실로 따라갔다. 교무실 선생님 자리는 여전히 지저분했다. 선생님은 늘 입버릇처럼 "이제 곧 치울 거야." 하고 말했지만, 그 말을 실천한 적은 단 한 번도 없었다.

선생님을 도와서 자료를 정리하고, 나가려는데 낮지만 낯익은 목소리가 들렸다. 원동찬이 최미경 선생님 옆에 앉아서 기어들어 가는 소리로 말하고 있었다.

"전, 점수가 무서워요."

점수가 무섭다니, 무슨 바보 같은 소리를…….

"그렇게 두렵니?"

"네! 그러니까 선생님, 점수를 안 매기는 수행을 하면 안 되나요?"

점수를 안 매기는 수행이라니, 뭔 바보 같은 요구를…….

"점수를 안 줄 수는 없어."

최미경 선생님이 차분하게 말했다.

"꼭 숫자가 아니라 다르게 평가해도 되잖아요. 제가 이룬 성취를 꼭 숫자로 나타내야 하나요?"

원동찬은 늘 엉뚱했다. 나와 같은 모둠을 할 때 잡초를 그린 정도는 양호한 편이었다. 애들 말을 들어 보면 하도 황당한 발상을 많이 해서 같이 수행을 할 때마다 힘들다고 했다. 그나마 예전에는 공부 잘하는 애들이 원동찬을 무시하고 모둠을 끌고 가서 괜찮았지만, 요즘은 고만고만한 애들 사이에 원동찬이 끼니 제대로 통제도 안 돼서 늘 결과물이 엉망이 된다고 했다.

"네가 무슨 말을 하는지는 잘 알아. 하지만 학교는 어쩔 수 없이 평가를 해야만 해."

말도 안 되는 요구이기에 단호하게 물리칠 만도 한데 최미경 선생님은 그러지 않았다. 원동찬 생각을 존중하며 달래 주었다. 역시 최미경 선생님다웠다.

"어, 시간이 벌써. 이제 수업하러 가자."

최미경 선생님이 원동찬을 다독이며 일어났다. 원동찬은 울적한 표정으로 선생님 뒤를 따랐다. 나는 원동찬이 눈치채지 못하도록 조금 떨어져서 따라갔다. 살짝 굽은 등, 약간 바닥을 끄는 듯한 발걸음, 힘없이 늘어진 두 손! 대충 보기에도 늘 지기만 하는 패배자 기운이 물씬 풍기는 뒷모습이었다.

'나는 저런 패배자가 되면 안 돼!'

'맨날 패배자로 사니까 이상한 짓만 하고, 적응도 못 하지'

'그래 놓고 잘하는 사람들 등에 업혀서 공짜 버스나 타려고 하고'

'나는 승리하는 사람이 될 거야!'

나는 원동찬을 보며 새삼 의지를 다졌다. 늘 하는 생각이었지만 원동찬을 보니 더욱 단단해졌다. 그러자 조금 전까지 나를 괴롭혔던 찜찜함이 하수도 구멍으로 사라지는 구정물처럼 깔끔하게 없어졌다.

정린이와 예나, 그리고 나! 다시 완벽한 모둠이었다. 사회 수업에서는 이런 모둠 구성이 새삼스럽지도 않았다. 모둠이 만들어질 때마다 걱정하는 일은 사회 시간에는 깨끗이 사라졌다. 우리는 즐겁게 얘기를 나누며 사회 선생님이 제시할 수행 과제를 기다렸다. 선생님은 먼저 가벼운 게임 이야기를 했다. 나는 게임을 전혀 안 하기 때문에 무슨 말인지 알아듣지 못했다. 정린이도 나와 마찬가지라 못 알아듣는 눈치였다. 예나는 게임을 즐기긴 했지만 스마트폰으로 하는 가벼운 게임만 하기 때문에 선생님이 언급한 온라인 게임에 대해서 알아듣지 못하는 처지는 나와 다르지 않았다. 선생님은 RPG란 말을 여러 번 언급했는데, 나로서는 RPG가 'Role-Playing Game'을 줄인 말이라는 사실을 빼고는 거의 이해하지 못했다. 그 반면에 남학생들은 아주 신나게 맞장구를 쳤다. 여자애들 가운데 PC방에 가서 게임을 즐기는 몇몇 애들도 좋아하면서 선생님 이야기를 들었다. 우리는 즐겁지 않은 대화였지만 많은 애들이 즐거워하는 대화였다. 역시 최미경 선생님은 수업 분위기를 띄우는 재주가 탁월했다. 이야기를 얼추 마무리한 뒤 선생님은 간단한 문장으로 이루어진 과제를 제시했다.

'우리 지역 여행을 소재로 한 RPG 게임을 구상해 보기'

과제를 보자마자 나는 멍해졌다. 우리 지역 여행이란 소재는 아주 쉬웠다. 그동안 사회 수업을 충실히 듣고, 수행도 열심히 했기 때문이다. 그렇지만 RPG 게임은 전혀 모르는 영역이었다. 간단하게 설명을 들었지만 알아듣기도 어려웠다. 선생님이 설명하기는 했지만 몇 분 동안 하는 설명을 듣고 RPG 게임이 어떤 것인지 제대로 이해하기는 불가능했다. 정린이나 예나도 나와 마찬가지 처지였다.

"선생님!"

내가 손을 들었다.

"질문 있니?"

"저희 모둠원은 아무도 RPG 게임이 뭔지 정확히 모르는데요?"

"내가 조금 전에 설명해 주었잖아."

"그 정도 설명으로는 전혀 이해가……."

"다른 애들은 거의 다 알아들었어. 혹시 못 알아들은 애들 있니?"

선생님이 애들에게 물었고 다들 짠 듯이 한목소리로 "아니요." 하고 대답했다. 그럴 수밖에 없었다. 각 모둠에는 남학생들이 다 있었고, 웬만한 남자애들은 RPG 게임을 다 알기 때문이다. 우리 모둠만 남학생이 없었고, 그것은 이런 과제를 하는 데 치명타였다.

"너희한테만 따로 설명해 줄 시간은 없으니, 이해를 못 했으면 못 한 대로 할 만큼만 해 봐."

선생님은 단호했고, 더는 우리 질문을 받지 않았다.

옆 모둠에 도움을 요청할 여건도 되지 않았다. 다들 신나서 이야기를 나누며 게임을 짜 나갔다. 귀동냥으로라도 들으며 어떻게든 해 보려고 했지만 그것도 어려웠다. 다른 모둠이 하는 이야기를 들어도 낯선 게임 용어가 많아서 무슨 뜻인지 알아듣기 힘들었기 때문이다.

어쩔 수 없이 우리 힘으로 과제를 수행해야만 했다. 그렇게 힘든 수행은 처음이었다. 모든 모둠원들이 손을 놔서 혼자 과제를 다 해야만 했던 때보다 힘들었다. 그때는 몸은 힘들었지만 무엇을 어떻게 해야 할지 다 알았다. 시간과 노력만 기울이면 해낼 만한 과제였다. 결과도 좋게 나오리란 확신이 있었다. 그러나 RPG 게임 과제는 막막했다. 열심히 해도 결과가 좋으리란 보장이 없었다. 구상한 결과물을 발표하는데 그처럼 떨린 적이 없었다. 다른 모둠이 발표를 하는데 무슨 말인지 알아듣기도 어려웠다. 우리 발표 차례가 왔다. 나름 부지런히 만든 결과물을 내놓았지만, 남자애들이 깔깔거리며 웃었다. 그 비웃음이 우리가 만든 과제물 수준을 확인해 주었고, 실제로 받은 점수도 처참했다.

쉬는 시간, 수행 과제를 소재로 즐겁게 떠드는 남자애들을 뒤로 하고 우리는 곧바로 최미경 선생님을 뒤따라갔다.

"쌤, 너무 하잖아요."

"이런 수행 과제가 어딨어요?"

"불공평해요."

우리는 폭풍처럼 항의를 쏟아 냈다.

"다들 잘했어. 너희만 빼고."

최미경 선생님은 단호했다.

"저희는 게임을 해 본 적이 없단 말이에요."

정린이 목소리가 떨려 나왔다.

"해 본 적 없으면 과제로 내면 안 되니? 나는 RPG 게임에 대해서 충분히 설명해 주었어."

선생님은 여전히 우리 항의를 들어줄 생각이 없었다.

"한 번 듣고 그걸 어떻게 알아요? 그런 게임은 해 본 적이 없는데……."

내가 듣기에도 내 목소리가 지나치게 떨렸다.

"그럼, 다른 애들은 도넛 현상이나, 열섬 현상을 한 번 듣고 어떻게 알았을까?"

선생님이 우리에게 되물었고, 나는 뒤통수를 한 대 세게 맞은 기분이었다.

"다른 애들은 너희처럼 해 본 적 없는 과제를 받고도 아무 소리도 안 했어. 너희는 수행하기 곤란한 과제를 처음 받아 봤겠지만, 다른 애들은 수없이 많이 이런 상황을 묵묵히 견뎠어."

"다른 애들은 실력이 모자라니까……."

나는 밀리지 않으려고 애쓰며 반박했다.

"맞아! 실력이 모자랐지. 그리고 이번 과제는 너희 실력이 모자랐어. 그렇지?"

선생님 말에서 냉기가 풍겼다.

그 냉기에 입이 얼어붙어 더는 대꾸하지 못하는 사이에, 선생님은 몸을 휙 돌려 교무실 쪽으로 가 버렸다. 잠시 얼이 빠진 채 선생님이 사라진 쪽만 바라보았다. 그러다 문득 불길한 생각이 스쳤다.

'설마! 이 모든 걸 쌤이 일부러……?'

의구심이 들었지만 그럴 리 없다고 얼른 불안을 떨쳐 버렸다. 기우일 뿐이라고 스스로를 안심시켰다. 그러나 내 염려는 현실이 되고 말았다. 셋이 모둠을 계속 같이 했는데 잇달아 우리가 못하는 과제가 주어졌다. 셋이 모자란 점을 정확히 파악해 공격해 들어오는 느낌이 들었다. 느낌이 아니었다. 사실이었다. 선생님은 정확히 우리 약점을 찌르며 들어왔고, 우리는 잇달아 수행평가를 망쳤다. 더는 견디기 힘들었다. 우리는 선생님을 다시 찾아갔다. 우리 항의를 들어주리란 기대는 하지 않았지만 항의하지 않을 수는 없었다.

우리는 거세게 항의했지만 선생님은 꿈쩍도 안 했다. 선생님은 우리가 원하는 대로 모둠을 만들어 주었다는 점을 여러 번 강조했다. 낯설고 어려운 과제는 다른 애들이 늘 겪는 현실이라는 점도 여러 번 강조했다. 선생님은 우리 항의를 받아 줄 뜻이 전혀 없었다.

"출발선이 다르잖아요?"

마지막 힘을 쥐어짜서 항의를 했는데, 되돌아온 답변은 한때 나를 찝찝하게 만들었던 생각을 되살아나게 했다.

"맞아. 출발선이 다르지. 너희도 다른 출발선에 서 있었잖아. 그런데 너희가 유리할 때는 가만히 있다가 왜 너희가 불리할 때만 출발선을 따지는 거니?"

이것이었다. 나를 한때 괴롭혔던 찝찝한 생각이 바로 이것이었다.

나는 수없이 많은 특권을 누렸다. 그러나 나는 내가 누리는 특권은 특권이라고 여긴 적이 없었다. 그렇지만 내가 당하는 불이익에는 민감하게 반응했고, 불공평하다고 불만을 터트렸다. 나와 비슷한 처지인 친구들과 힘을 합쳐 선생님께 항의하기까지 했다. 그리고 우리에게 유리한 수행평가 방식을 관철시켰고, 그 혜택을 마음껏 누렸다. 그러다 내가 요구한 수행평가 방식이 나에게 불리하게 작용하자 그것이 불공 평하다고 따지고 들었다.

"너는 진심으로 공평하기를 원하니?"

최미경 선생님은 마지막으로 이 질문을 했고, 나는 아무런 답변을 못 했다. 나는 당연히 공평을 원한다고 생각했다. 그러나 그 질문을 받는 순간 내가 진심으로 공평을 바라는지 확신하지 못했다.

'나는 정말 평등을 원할까?'

'아니면, 그저 내가 더 나은 대접을 받기를 원할까?'

'나는 내가 손해를 보는 상황이라도 공평을 요구할 수 있을까?'

아마 그러지 못할 것이다.

아니 그러지 못한다.

결코!

결론은 명확했다. 나는 입으로는 공평이니 평등이니 하며 정의로운 척했지만, 진심으로 평등과 공평을 원하지는 않았다. 나는 그저 내 불이익에 격렬하게 반응했을 뿐이다. 나는 정의로운 척했지만, 사실은 내 이익만 챙기는 이기주의자였다.

내가 이기심에 찌든 인간이었다니…….

토끼와 거북이는 무엇으로 겨뤄야 할까?

이태경

배드민턴 대결에서 6승을 거뒀다. 운 나쁘게 박준형을 만나서 1패, 원동찬을 만나 1패를 당해 총 3패를 당했지만, 나머지 대결에서는 여학생들만 만나 모두 이겨서 6승이 되었다. 그 덕분에 참으로 오랜만에 체육 수행평가에서 A를 받았다. 김기주는 안타깝게도 신보라에게 거둔 1승이 다였다. 나머지 대결에서 여학생 4명, 남학생 3명을 만났는데 몽땅 다 패했다. 김기주를 마음으로 계속 응원했는데 다 패하다니 무척 안타까웠다.

배드민턴 경기 다음에는 축구가 이어졌다. 보통 남자는 축구를 하고, 여자는 피구를 하는데 김정현 선생님이 남학생과 여학생을 뒤섞어서 축구 기술을 연습하게 했다. 여학생들이 섞이니 그렇게 재미있던 축구조차 별로 재미가 없었다. 먼저 공을 다루는 간단한 기술을 익힌

뒤 슛을 때리는 법을 배웠다. 그냥 공을 세게 차기만 하면 되는 줄 알았
는데 슛에도 다양한 방법과 기술이 있어서 참 신선했다. 몇 번 연습을
한 다음 곧바로 슛을 하는 시험을 치렀다.

축구 시험은 쉬웠다. 아무도 지키지 않는 골문으로 공을 차서 넣는
시험이었다. 단 공을 띄워서 차야 했다. 공이 골인이 되기 전에 바닥에
닿으면 실패였다. 점수를 매기는 방식도 단순했다. 다섯 번 차서 4번
성공하면 A, 3번이면 B, 2번이면 C, 1번이면 D, 모두 실패하면 F였다.
예전 같으면 여자와 남자에게 적용하는 수행 조건이나 평가 기준이 달
랐을 것이다. 여자들이 공을 더 가까운 거리에서 차고, 성공 횟수에 따
른 점수도 여자들에게 더 유리했을 것이다. 이번에는 아주 공평하게
남자와 여자가 똑같은 조건에서 축구 시험을 치렀다.

문지기 없는 골대에 공을 차 넣기는 비밀번호 없는 스마트폰 몰래
보기보다 쉬웠다. 남자들이 먼저 했는데 다들 가뿐하게 성공했다. 물론
나도 다섯 번 모두 성공해서 또다시 A를 받았다. 남자들이 끝나고 여자
들이 했는데 다들 엉망이었다. 공이 떠서 날아가는 경우가 거의 없었
다. 공이 좀 뜨더라도 골문 안으로 들어가지 못했다. 이예나만 아주 가
볍게 성공했고, 송현지도 힘들게 B를 받았다. 잘난 척하는 박채원은 겨
우 하나만 성공해서 D를 받았다. 딱 한 번 성공한 경우도 공이 골라인
을 맞고 들어간 걸 선생님이 그냥 봐줘서 성공으로 인정받았다. 그나
마 박채원은 운이 좋은 편이었다. 거의 다 한 번도 성공하기 어려워했다.

여자들이 줄줄이 F를 받는 꼴을 보며 나는 안재성과 같이 앉아 낄낄

거리며 좋아했다. 그때 내 앞에 앉은 원동찬이 혼자 중얼거리는 말이 들렸다.

"이건 불공평해."

"진짜, 이건 아니야."

다른 사람에게 한 말도 아니고 혼자 중얼거리는 말이기에 굳이 대꾸하지 않아도 되는데, 불공평이란 낱말이 몹시 거슬려서 일부러 쏘아붙였다.

"같은 기준으로 시험을 보는데, 불공평은 무슨······."

원동찬이 움찔하는 모습이 보였다. 혼잣말에 내가 갑자기 대꾸를 하니 당황한 듯했다. 평소 원동찬 성격이면 그대로 입을 다물었을 텐데, 그때는 전혀 다른 반응을 보였다.

"결과가 지나치게 불공평하면 공평이라고 하면 안 돼."

꽤나 단호한 주장이었다.

어이없었다. 원동찬은 공평이 무슨 뜻인지도 모르는 모양이었다. 그러니 저런 말도 안 되는 주장을 늘어놓지······.

"공평이 뭔 뜻인지도 모르냐?"

나는 원동찬 뒤통수에 대고 강하게 말했다.

"크크크, 멍청해서 그렇지."

안재성이 비웃었다. 이런 말은 상대편 주장을 꺾는 데 도움이 안 된다. 예의에도 어긋난다. 나는 원동찬을 비하하고 싶지 않았다. 그저 잘못된 생각을 바로잡아 주고 싶을 뿐이었다. 나는 안재성 팔뚝을 쳤다.

"공평, 어느 쪽으로도 치우치지 않고 고름. 인터넷으로 검색하면 나와."

원동찬이 바로 전에 검색이라도 한 듯이 말해서 살짝 놀랐다. 그렇지만 그 정도에 주눅이 들 내가 아니다.

"그러니까 지금 선생님이 남자나 여자나 어느 한쪽으로 치우치지 않고 고르게 시험을 보잖아. 이게 공평이 아니면 뭐냐?"

"결과가 한쪽으로 치우쳤잖아. 고르지 않게."

원동찬은 포기하지 않고 나에게 맞섰다.

"능력 차이인데 그게 불공평은 아니잖아. 다른 과목도 다 그렇게 시험을 보고."

논쟁이 김정현 선생님과 나눴던 대화와 비슷하게 이어지는 듯했다. 선생님은 '신체 능력 차이는 배려해야 한다' 하고 반박을 했는데, 아마 원동찬도 그런 반박을 할 듯했다. 그런 논리라면 한 방에 박살내 버릴 논리를 준비했기에 단단히 칼을 갈며 원동찬이 할 다음 말을 기다렸다.

"이건 토끼와 거북이 경주야."

토끼와 거북이라니, 무슨 뚱딴지같은 말이람?

"결과가 뻔한 경기는 공평한 경쟁이 아니야."

난 또 무슨 말인가 했네.

"토끼가 잘하는 뜀박질인데 거북이가 이겼잖아. 노력하면 거북이도 이겨."

나는 동화 속 결론을 충실히 인용했다.

"현실에서는 거북이가 토끼를 절대 못 이겨."

"이솝우화잖아! 교훈이 담긴 우화!"

원동찬이 유치원생도 알아들을 내용을 이해를 못 하다니, 갑자기 김이 빠졌다. 더는 논쟁을 벌이기 싫었다. 못 알아듣는 사람과 논쟁해 봐야 내 입만 아프다. 논쟁을 그만하자고 말하려는데 원동찬이 또다시 내 예상을 벗어난 말을 했다.

"왜 이솝우화에서는 수영으로 대결을 안 해?"

엉뚱한 말은 그만하라고 쏘아붙이려는데, 원동찬이 틈을 주지 않고 뒷말을 해 버렸다.

"거북이와 토끼가 장거리 수영으로 대결을 벌였다면, 설사 거북이가 경기를 하다가 잠을 잔다고 해도 토끼는 절대 못 이겨. 토끼가 잠깐은 수영을 하겠지만 장거리 수영을 하면 귀에 물이 들어갈 수밖에 없고, 그러면 토끼는 죽으니까."

내 순발력이 그 순간 발휘되지 않았다. 아무런 대꾸도 못 한 채 그다음 말을 그냥 들어야 했다.

"토끼는 잘 뛰고 거북이는 수영을 잘해. 둘이 뜀박질로 시험을 보면 토끼가 무조건 이기고, 수영으로 시험을 보면 거북이가 무조건 이겨. 둘이 같은 조건에서 뜀박질 경기를 한다고 해서 공평한 거라고 할 수 있을까?"

그 말을 마치고 원동찬은 입을 다물었다. 뭐라고 한마디라도 하고 싶은데, 적절한 논리가 떠오르지 않았다. 원동찬 뒤통수는 단단해 보였다. 원동찬이 엉뚱한 면이 많다는 점은 익히 알았지만, 이런 생각을 하는 줄은 미처 몰랐다. 때마침 여자들이 모두 시험을 마쳤기에 나는 그 핑계를 대고 얼른 일어나서 자리를 피했다. 그러면서도 원동찬이 한 토끼와 거북이 논리가 머리에서 지워지지 않았다. 그러다 갑자기 막연한 불안감이 꿈틀거렸다. 뚜렷한 이유도 없는 불길한 예감이었다.

원동찬과 벌인 논쟁은 그 뒤로 더는 이어지지 않았지만, 다음 체육 수업까지 계속 나를 찜찜하게 만들었다. 지난 시간에 축구 슛 기술을 배우고 시험을 치렀으니 이번에는 다른 축구 기술을 익힐 줄 알았다. 그런데 체육 수업 장소가 운동장에서 체육관으로 바뀌었고, 선생님은 수업 종목을 체조로 바꿔 버렸다. 전혀 예고 없이 벌어진 일이었다. 학기 초에 유연성을 확인한다면서 몇 가지 동작을 해 본 뒤로는 처음이었다. 어안이 벙벙한 채 선생님이 알려 주는 체조 기술을 하나씩 익혔는데, 앞구르기, 뒤구르기, 앞으로 다리 벌려 일어나기, 뒤로 다리 벌려 일어나기. 똑바로 서서 윗몸 굽혀 손바닥으로 바닥 닿기, 평균대에서 90도 이상으로 한쪽 다리 들기, 훌라후프 돌리기 등이었다.

나는 유연성이 떨어진다. 뻣뻣한 몸으로 태어난 데다 배마저 통통해서 유연한 쪽과는 거리가 아주 멀다. 그러다 보니 앞구르기를 빼고는 제대로 되는 동작이 없었다. 훌라후프는 유연성과는 별 상관이 없음에도 제대로 안 됐다. 온 힘을 허리에 넣고 힘차게 돌렸지만 훌라후프는 서너 번만 돌다가 중력을 이겨 내지 못하고 바닥으로 떨어졌다. 잘하는 동작도 없고, 체조가 즐겁지도 않았지만 성실하게 수업에 임했다.

"익숙하지 않은 동작은 열심히 연습해. 지금은 잘 안 돼도 어려운 동작이 아니니 열심히 연습하면 잘될 거야. 체육관 열어 놓을 테니 틈나는 대로 와서 부지런히 연습하도록."

체육 선생님은 연습을 거듭 강조하면서 수업을 끝냈다.

그다음 체육 수업도 체조를 할 줄 알았는데 다시 축구를 했다. 남자와 여자가 섞여서 패스 연습을 했는데 여자들이 제대로 못 해서 이리저리 뛰어다니느라 애를 먹었다. 물론 축구가 뛰어다니는 경기라고는 하지만 툭하면 엉뚱한 데로 굴러가는 공을 쫓아다니니 재미는 없고 힘들기만 했다. 금요일에도 체육 수업이 있었는데 시골 할아버지 집에 가야 해서 체험학습 신청서를 내고 수업에 빠졌다. 금요일 일찍 할아버지 집에 내려가서 일요일까지 머물다가 올라왔다. 생일잔치라고 했지만 아주 심심했다. 구석진 시골이라서 놀 데가 거의 없기도 했지만, 깜박 잊고 스마트폰을 안 들고 간 탓이었다. 일요일 늦은 시간에 집에 왔는데 무척 피곤해서 빨리 잤다.

월요일, 체육 수업을 앞두고 체육복을 갈아입는데 시험 어쩌고 하는 말이 들려왔다.

"뭔, 시험?"

우현이에게 물었다.

"체조 시험 본다고 했잖아. 내가 보낸 문자 못 봤어?"

"할아버지 집에 갈 때 깜빡 잊고 놓고 갔어. 일요일에는 늦게 왔는데 피곤해서 그냥 잤고."

"전혀 몰랐구나. 오늘 체조 시험이야. 전에 배웠던 동작 기억나지?"

기억은 나지만 할 줄 아는 동작은 앞구르기 하나밖에 없었다.

"그 가운데 다섯 동작을 골라서 시험을 본대."

앞구르기는 쉽게 선택했고, 평균대에서 90도 이상으로 한쪽 다리 들기는 아예 못 하니 고려 대상이 아니었다.

"연습도 안 했는데 괜찮겠냐?"

우현이가 걱정했다.

"뭐, 어떻게 되겠지."

어차피 걱정한다고 바뀔 상황도 아니기에 실전에서 잘하리라 다짐하며 수업에 임했다. 따로 연습할 시간도 주지 않고 평가에 들어갔다. 그나마 남들이 하는 걸 보면서 머리로라도 연습을 하면 나았을 텐데, 재수없게도 셋째 차례로 뽑히는 바람에 그럴 틈도 없었다. 첫 순서는 박준형이었다. 박준형은 앞구르기, 뒤구르기, 앞으로 다리 벌려 일어나기, 뒤로 다리 벌려 일어나기, 똑바로 서서 윗몸 굽혀 손바닥으로 바닥 닿기를 순서대로 빠르게 해냈다. 모두 정확한 동작이었다. 네 동작 이상을 정확하게 수행하면 A인데 다섯 동작을 모두 제대로 해냈으니 당연히 A였다. 둘째 순서는 송현지였다. 송현지는 무용을 하는데 웬만한 운동은 남자들보다 더 잘한다. 송현지는 앞구르기는 하지 않고 뒤구르기부터 순서대로 했다. 마지막에 평균대에서 한쪽 다리 들기를 하는데 다리가 거의 180도로 들렸다. 체조 선수가 아니면 할 수 없는 동작이었기에 곳곳에서 박수와 환호성이 터져 나왔다. 박수는 치지 않았지만 나도 감탄을 했다.

박준형, 송현지 다음이 바로 나였다. 안 그래도 못하는데 둘과 견주면 얼마나 못나 보일까? 끔찍한 차례였지만 순서를 바꿀 방법은 없었다. 선생님이 내 이름을 불렀고 나는 매트리스 앞에 섰다. 먼저 앞구르기를 시도했다. 세상이 한 바퀴 돌았다. 손바닥을 탁 치면서 일어나야 하는데, 팔 힘이 모자랐는지, 아니면 사흘 동안 시골에서 맛있는 음식을 과하게 먹어서 배가 더 튀어나와서인지는 모르겠지만, 몸을 제대로 일으키지 못했다. 그나마 할 줄 아는 동작이 실패하니 자신감이 급격하게 떨어졌다. 곧 이어서 뒤구르기 차례였다. 뒤로 한 바퀴 몸을 굴러서 딱 일어나야 하는데, 제대로 구르지도 못했다. 앞구르기와 뒤구르기가 안 되니 그보다 어려운 앞으로 다리 벌려 일어나기, 뒤로 다리 벌려 일어나기가 제대로 될 리가 없었다. 마지막 도전인 똑바로 서서 윗몸 굽혀 손바닥으로 바닥 닿기는 어차피 실패였다. 내 손끝은 겨우 발끝에 닿을락 말락 할 뿐이었다. 모조리 실패였고, F였다. F는 체육 수행뿐 아니라 모든 과목 수행에서 처음이었다.

짜증도 나고, 자존심도 상하고, 부끄럽기도 했다. 머리를 벅벅 쥐어뜯으며 자리에 앉았다. 내 뒤가 이예나 차례였는데 예상대로 깔끔하게 성공했다. 그 뒤로 남자와 여자가 번갈아 가며 도전을 했는데, 남학생들은 셋 중 한 명 정도만 A를 받고 다들 B나, C를 받았다. F를 받은 사람은 나밖에 없었다. 여자들은 거의 다 깔끔하게 성공했다. B가 두 명, C는 한 명밖에 없었다. 믿기 어려운 결과였다. 축구와는 정반대 결과였다.

수행을 마치고 선생님은 다음 수행 과제를 알려 주었다.

"다음 시간에는 훌라후프 돌리기로 시험 볼 테니, 열심히 연습해."

훌라후프로 시험을 보다니, 나는 망했다. 훌라후프는 서너 개 하기도 쉽지 않았다. 하루이틀 연습한다고 안 되던 훌라후프 돌리기가 제대로 될 리 없었다. 또다시 F를 받을 게 뻔했다.

수업을 마치고 주눅이 들어서 교실로 걸어가는데 임현석과 안재성이 수군거리는 소리가 들렸다.

"야, 그거 아냐? 여자들이 주말에 체육관에 나와서 엄청 연습했대?"

"체육관에서 연습을?"

"응. 현지가 다 불러 모아서 엄청나게 연습시켰나 봐."

"어쩐지, 오늘 다들 잘하디라니."

"하여튼 여자들은."

"열라 치졸하다. 씨~!"

"훌라후프는 또 뭐냐, 훌라후프는."

"그것도 여자들이 잘하는 거잖아."

"난 돌릴 줄도 몰라."

"그니까, 씨~! 하여튼 체육 쌤은 여자 편밖에 안 든다니까."

나는 둘 사이에 오가는 대화에 끼어들기 싫어서 모른 척하며 얼른 지나가 버렸다.

그날 방과후에 훌라후프 돌리기를 연습해 봤지만 제대로 되지 않았다. 훌라후프를 잘 돌리는 법을 설명한 영상을 검색해서 자세히 살피며 요령을 익혔지만, 몸이 따라 주지 않았다. 아무리 애를 써 봐도 예닐곱 번이 최대치였다. 결국 훌라후프 돌리기에서도 F를 받았다. 박채원은 A를 받은 뒤 나를 대놓고 놀렸다. 멋지게 되받아치고 싶었지만 좌절감에 짓눌린 뇌는 아무 대꾸도 내놓지 못했다.

"쌤이 여자들 편을 대놓고 드네. 씨~!"

"그래 놓고 남녀평등이래요. 쌍~!"

수업이 끝나고 교실로 가는데 또다시 안재성과 임현석이 선생님을 욕했다. 께름칙해서 피하려고 하는데 갑자기 원동찬이 끼어드는 목소리가 들려서 걸음을 늦췄다.

"축구할 때는 남자가 유리했어."

원동찬이 임현석에게 저렇게 나오다니 뜻밖이었다.

"뭐래, 이 새끼가."

임현석 입에서 욕부터 나왔다.

"말은 똑바로 해야지."

원동찬은 기죽지 않고 맞섰다. 원동찬에게 저런 당찬 면이 있다니 놀라웠다.

"야~ 이 씨~!"

임현석이 원동찬 어깨를 거칠게 잡았다. 원동찬이 임현석 팔을 내치며 꼿꼿하게 노려봤다. 둘 사이에 팽팽한 긴장이 흘렀다. 주먹다짐이라도 오갈 듯한 분위기였다. 나는 끼어들지 말지 망설이며 이러지도 저러지도 못했다. 그때 김기주가 지나가며 한마디 툭 던졌다.

"나는 이러나저러나 똑같은데 뭘."

모든 시선이 김기주로 향했다.

"수영이든 달리기든 나한테는 다 똑같아. 나는 토끼도 거북이도 아니니까."

나와 원동찬이 나눴던 대화를 김기주도 들은 모양이었다.

"뭐래, 이 새끼가."

"아~!"

임현석은 김기주에게 욕을 했고, 원동찬은 안타까움인지 깨달음인지 모를 신음을 내뱉었다.

김기주는 쓸쓸하게 웃더니 느린 걸음으로 그 자리를 벗어났다. 김기주가 사라진 자리에 어색함이 흘렀고, 임현석은 욕을 들릴 듯 말 듯 내뱉더니 그 자리를 떴다. 원동찬도 가만히 서서 사라지는 김기주를 바라보았다. 나도 원동찬 옆에 나란히 서서 김기주 뒷모습을 바라보았다.

착잡했다. 내 불만이 과연 정당한지 자신하기 어려웠다. 공평이 무엇인지 종잡기 어려웠다. 골치는 아픈데 뚜렷한 답은 보이지 않았다. 원동찬과 나는 잠시 동안 말없이 그 자리에 가만히 서 있었다. 내 체육복 주머니 속에서는 F 두 개가 달그락거렸다.

5

나는 그저 운이 좋았다

박채원

사회 수업, 내가 속한 모둠이 또다시 엉망이었다. 모둠원이 조영호, 안재성, 최유빈이니 또 다 혼자하게 생겼다. 최미경 선생님이 일부러 나와 친구들이 지닌 약점을 파고드는 상황이었기에 어쩔 수 없이 모둠을 옛날 방식으로 해 달라고 부탁해야만 했다. 혼자 수행을 다 하더라도 높은 점수를 받는 게 낫지 점수를 망치기는 싫었다. 불공평을 개혁하겠다는 도전은 갑신정변처럼 금세 실패로 끝났고, 우리는 다시 불공평한 모둠 활동을 받아들여야만 했다. 내 이기심을 확인하고 스스로에게 크게 실망하기도 했지만, 이어지는 숙제와 과제와 시험은 그런 생각을 금방 희미하게 만들어 버렸다.

아무튼 수행은 또다시 이어졌다. 주어진 과제는 도시 생활과 관련한 마무리 활동으로 새로운 아파트 단지 만들기였다. 현재 아파트 단지가 지닌 문제점을 고쳐서 공동체 문화를 살리는 방향으로 단지를 꾸며 보는 과제였다. 하드보드지, 우드락, 색종이, 칼, 가위, 풀, 자, 색연필, 색깔펜, 받침대 등이 각 모둠별로 동일하게 주어졌다. 하드보드지 위에 입체감을 살려서 만드는 게 중요했다. 지난 시간에 과제가 이미 주어졌기에 계획은 미리 세워 왔다. 같이 의논해서 계획을 세우려고 했으나 아무도 적극 나서지 않아서 결국 나 혼자 계획을 세워야만 했다. 나는 계획서를 여러 장 뽑아 왔고, 모둠 활동이 열리자마자 나눠주었다.

"내가 세운 계획서인데 그리 복잡하진 않아."

안재성은 받는 둥 마는 둥 하면서 몸을 돌려 버렸다. 뭐라고 쏘아붙이고 싶었지만 그래 봤자 들을 안재성이 아니었기에 그냥 단념했다. 조영호는 계획서를 받아 놓기만 하고는 제대로 살피지도 않았다. 괜히 연필을 만지고 지우개를 떨어뜨리는 등 산만한 짓을 했다. 차라리 하기 싫다고 대놓고 말이라도 하면 속이라도 시원하겠는데, 몸으로 싫은 티를 내니 더 답답했다. 최유빈은 여느 때와 다르게 내 계획서를 골똘히 살폈지만 별다른 말은 없었다.

내가 계획서를 설명한다고 해도 아무도 열심히 안 하겠지만 설명은 해야만 했다.

"내가 나눠준 종이에 써 놓았듯이, 공간을 구성하는 핵심 원리는 원형을 통한 공동체 회복이야."

선생님은 계획을 세울 때 핵심 원리를 명확히 하고, 핵심 원리를 통해 구현하는 가치를 설명하라고 했다. 내 계획은 선생님 지침에 정확히 부합했다.

"아파트 건물을 둥글게 배치해서 가운데에 넓은 공간을 만들고, 차는 전부 건물 지하로 배치할 거야. 가운데 원형 공간은 주민들이 함께 어울려 지내는 곳으로 활용하고, 건물 지하에 주차장을 만드는데 입구에서 바로 지하로 들어가서 아파트 바깥에서는 차가 보이지 않도록 했어. 가운데 공간에 짓는 건물은 단층으로 해서 아파트 어느 곳에서나 가운데 원형 공간을 보는 시야가 막히지 않게 하고, 주민들이 이용하는 각종 편의시설은 지하에 배치해서 이용 편의성을 높였어. 그리고 나머지 원형 공간은 놀이와 운동, 산책과 휴식을 즐기도록 꾸미는 거야."

내 계획은 꽤나 근사했다. 냉정하게 평가해도 내 계획은 탁월했다. 계획서도 꼼꼼했고, 취지나 실현 방법도 멋졌다. 문제는 내 설명을 아무도 제대로 듣지 않는다는 점이었다. 아무도 듣지 않으니 점점 의욕이 떨어졌고, 나는 혼자서 작업에 들어갔다. 그런데 혼자서 하기에는 내 계획은 지나치게 거창했다.

먼저 하드보드지에 대강 밑그림을 그리고, 건물을 놓을 곳을 표시했다. 우드락을 잘라서 겹쳐 붙인 다음 아파트 모양을 만들었다. 자를 대고 칼질을 하는데 마음이 급하다 보니 우드락이 거칠게 잘렸다. 시간은 비행기처럼 빠르게 흘렀다. 이러다 아파트 건물조차 제대로 다 만들지 못할 듯했다. 선생님이 창체 시간까지 확보해 두었으니 천천히 하라고 했지만, 나는 자연과학부 활동 때문에 창체 시간에 수행 과제를 못 하는 처지였기에 여유를 부릴 틈이 없었다. 나는 초조하게 작업을 하는데 다른 애들은 다들 과제에 관심이 없었다. 조영호는 고개를 푹 숙인 채 뭘 하는지 모르겠고, 안재성은 내 쪽은 쳐다보지도 않고 옆에 애들과 장난치기 바빴다. 최유빈은 앞에 놓인 종이에 그림을 그렸는데, 언뜻 보니 모두 음식과 관련한 그림이었다. 최유빈은 최근에 계속 음식 그림만 그렸다. 수업 시간에 쓸데없는 그림이나 그리는 최유빈이 한심해 보였다.

도와 달라고 부탁을 해 봤자 들어줄 낌새가 보이지 않았기에 부탁도 안 했다. 또 혼자 모든 책임을 져야 하는 상황이 답답했지만 그러려니 했다. 급한 마음에 손을 재빨리 놀렸는데, 서두를수록 아파트 단지는 내가 상상했던 모습과는 점점 멀어져 갔다. 속이 상했다. 멋진 계획인데 무책임한 모둠원들 때문에 엉망이 되는 현실이 서글펐다. 그럴수록 시간은 더 빨리 흘렀다. 내 목표는 점점 낮아졌다. 그냥 아파트 건물을 동그랗게 배치하기만 해야겠다고 마음먹었다. 그러나 그마저도 쉽지 않았다.

그때 안재성과 눈이 마주쳤다. 꼴도 보기 싫었다. 안재성이 고개를 갸웃했다.

"그게 뭐냐?"

내가 가장 싫어하는 사람이 하지도 않으면서 이런저런 트집을 잡는 잔소리꾼이다. 여느 때 같았으면 한마디 쏘아붙였겠지만 시간에 쫓겨 그럴 여력조차 없었다.

"야, 줘 봐!"

안재성이 갑자기 내 손에 들린 칼과 우드락을 빼앗아 갔다.

"뭔 짓이야?"

"칼질이 한심해서 그런다."

울컥해서 쏘아붙이려다 안재성이 우드락을 자르는 모습을 보고 입을 다물었다. 칼질이 아주 능숙했다. 내가 자른 우드락과 달리 반듯했고, 크기가 동일했다. 나보다 솜씨가 훨씬 뛰어났다.

"풀로 붙여서 아파트처럼 보이게 만들면 되지?"

안재성이 시큰둥하게 물었다.

"어, 응."

내가 어정쩡하게 대답했다.

"이거 약간 원형으로 자르는 게 더 낫지 않겠어? 사각보다는 그게 더 멋져 보이는데."

내가 뭐라고 답하기도 전에 안재성은 내가 이미 잘라 놓은 아파트 모양을 살짝 다듬었다. 안재성 손이 움직일 때마다 아파트는 내가 만들었을 때보다 훨씬 그럴듯하게 변했다. 안재성에게 이런 재주가 있으리라고는 어림도 못 했기에 그저 멍하니 감탄하며 보기만 했다.

그때 가위질을 하는 소리가 들렸다.

"뭐, 뭐 해?"

조영호가 색종이를 가위로 자르는 모습이 보였다.

"너, 뭐 하냐고?"

"색깔이 밋밋해서……."

조영호는 색종이를 가위로 잘라서 안재성이 만들어 놓은 우드락 아파트 외벽을 장식했다. 조영호가 색종이를 붙일 때마다 아파트에 생동감이 돌았다. 색깔을 입히니 아파트가 훨씬 화려해 보였다. 조영호가 가위질할 때마다 색종이는 화려하게 모양을 바꿔 나갔다. 가위질 솜씨가 탁월했다. 넋을 놓고 가위질을 바라보는데 내 손을 누가 툭 쳤다.

손을 치우면서 보니 최유빈이었다. 최유빈 손에는 색연필이 들려 있었다.

"넌, 또……?"

물어보려다 최유빈 손놀림을 보고 물음을 삼켰다. 최유빈은 아파트 단지 주변에 그림을 그렸는데 최유빈 손이 지나갈 때마다 하드보드지 바닥에 입체감이 생겼다. 놀이터와 의자가 마치 진짜처럼 원형 공간 가운데에 놓였다. 아파트 건물에 글씨도 써 넣어서 진짜 아파트처럼 보였다. 나는 두 손을 놓고 셋이 협업하는 모습을 지켜만 보았다.

그때 종이 울렸다.

"수업 끝! 아직 못 한 부분은 창체 시간에 마저 해. 쌤은 5층 대회의실에서 기다릴 테니, 다 만든 모둠은 거기로 가져와."

최미경 선생님이 나가자 나는 아쉬움에 입술을 깨물었다. 조금만 더 하면 완성인데, 이대로 끝이라니…….

"너 자연과학부 안 가냐?"

안재성이 차갑게 물었다.

"가야지."

내가 힘없이 대답했다. 안재성에게 그렇게 곱게 말이 나오기는 처음이었다.

"우리끼리 할 테니 가 봐."

안재성은 나는 쳐다보지도 않고 칼질을 하며 말했다. 칼질하는 안재성 얼굴이 아주 즐거워 보였다. 거만하지도, 오만하지도, 비웃음도 없는 즐거운 표정을 안재성에게서 처음 보았기에 무척 낯설었다.

"걱정 말고 갔다 와. 우리가 완성해 놓을게."

최유빈 말에서 배려심이 느껴졌다.

"그래, 그럼 부탁할게."

미덥지는 않았지만 다른 방법이 없었다.

걱정을 안고 과학 실험실로 갔다. 자연과학부에서 실험을 하면서도 걱정 때문에 집중이 잘 안 됐다. 그러다 송윤정 선생님에게 지적까지 받았다. 자연과학부 활동이 조금 빨리 끝나서 나는 재빨리 교실로 되돌아왔다. 교실문을 열고 들어왔는데 애들이 내 책상 근처에 모여서 웅성거렸다. 무슨 일인지 궁금해서 애들을 비집고 들어갔는데…….

"와~~!"

놀라웠다. 감탄이 저절로 나오는 작품이 거기에 있었다. 내가 상상했던 아파트 단지가 내 상상보다 멋진 작품으로 탄생해 있었다. 하드보드지 두 장을 써서 지상뿐 아니라 지하까지 표현해 낸 창조성은 혀를 내두를 지경이었다. 안재성과 조영호, 최유빈이 만들어 낸 걸작을 보며 처음에는 감탄했고, 다음에는 고마웠고, 마지막에는 부끄러웠다. 내 편협한 믿음이 나를 부끄럽게 했다. 최미경 선생님이 일부러 우리 요구를 받아들여 주고, 우리가 새롭게 깨달을 기회까지 주었음에도 제대로 깨우치지 못한 자신이 부끄러웠다. 안재성과 조영호와 최유빈을 나보다 못났다고 깔봤던 내 자신이 부끄러웠다.

그러면서 공평이 무엇인지 어렴풋하게 느낌이 왔다. 안재성은 자기 능력을 즐겁게 발휘할 기회가 충분히 주어지지 않았다. 불성실하고 까불이고 막돼먹은 면도 있지만, 자기 재주를 발휘할 기회가 주어지기만 한다면 안재성도 뛰어난 실력을 발휘할 재능이 있었다. 조영호는 가위질을 잘하고 색채 감각이 탁월했지만 그런 능력은 학교에서 높이 평가받지 못했다. 학교가 높이 평가하는 인재상과 멀었기에 조영호는 무능해 보였을 뿐이었다. 최유빈은 그림을 잘 그리지만 학교 미술 시간에 인정받을 만한 그림과는 거리가 멀었다. 아파트 단지를 표현한 그림은 최유빈이 얼마나 뛰어난 재능이 있는지 보여 주었지만, 이런 재능을 발휘할 기회는 학교에서 흔치 않았다.

안재성, 조영호, 최유빈은 학교에서 자기 능력을 발휘할 기회를 넉넉하게 제공받지 못했다. 학교는 제한된 틀에 맞춰 제한된 평가밖에 하지 않는다. 안재성, 조영호, 최유빈은 그 틀에 어울리지 않는 학생이었다. 그 반면에 나는 내 능력을 발휘할 기회를 마음껏 제공받았다. 내 능력은 학교가 좋게 평가하는 틀에 딱 맞았다. 그게 내가 잘난 척할 수 있었던 이유였다. 평가 기준이 바뀌고, 학교가 요구하는 능력이 바뀌면, 나는 무능력한 사람으로 추락할지도 모른다. 나는 내게 맞는 기회가 충분히 제공되는 행운을 마음껏 누렸고, 그 덕택에 잘난 척하며 지낼 기회를 잡았다. 맞다. 나는 그저 운이 좋았다.

"멋지다! 대단해!"

나는 진심을 담아, 고마움을 담아, 박수를 쳤다.

안재성이 무뚝뚝하게 웃었다. 그 웃음이 그 어떤 웃음보다 멋져 보였다.

체육 대회와 단합 대회에는 없는 것들

이태경

 체육 대회에 교장 선생님이 상금을 엄청나게 많이 걸었다. 종합 우승뿐 아니라 각 종목별 우승도 상금이 꽤나 많았다. 담임 선생님은 우리 반이 종합 우승을 하든, 각 종목에서 우승을 하든 받은 상금만큼 돈을 더 보태서 반 단합 대회에 쓰게 해 주겠다고 약속했다. 다른 반도 우승하려고 열심히 노력했지만 우리 반은 걸린 상금이 두 배다 보니 이를 악물고 대회를 준비했다. 특히 남학생 축구와 이어달리기는 우리가 우승 확률이 가장 높았다. 바로 박준형 덕분이다. 1학년 때도 박준형이 속한 반이 우승했다.

 박준형은 다른 운동도 잘하지만 축구는 거의 운동선수 급이다. 박준형 혼자서 두세 명은 거뜬하게 젖힌다. 슛을 때리면 프로 선수가 찬 듯이 날아간다. 유소년 축구를 지도하는 감독이 박준형 소문을 듣고 와서 축구 선수를 하라는 권유까지 했을 만큼 축구 실력이 뛰어나다. 특별한 변수만 없다면 축구만큼은 우리 반 우승이 거의 확실했다.

박준형은 달리기도 잘해서 이어달리기 마지막 주자로 나서면 10~20m쯤은 가뿐히 따라잡는다. 바로 전 주자가 완전히 뒤처지지만 않으면 1등은 우리 반 차지였다. 더구나 여자와 남자를 섞어서 이어달리기를 하는데 우리 반에는 이예나와 송현지가 있으니 이어달리기에서 우리가 1등을 못 하면 그것이 기적이었다. 피구는 여자들끼리 하는데 우리 반이 가장 강력한 우승후보였다. 물론 이예나와 송현지 때문이다. 피구를 연습할 때 남자들이 연습 상대가 된 적이 있는데 이예나가 던진 공은 웬만한 남자들도 피하지 못했다. 나도 한 대 맞았는데 어찌나 아픈지 살살 던지라고 소리를 지르고 말았다.

송현지는 유연해서 남자들이 던지는 공조차 가볍게 피했다. 그러니 여자들이 던지는 공 따위는 말할 것도 없었다. 축구와 여남혼합 이어달리기, 피구까지 우승하면 여섯 종목 가운데 절반을 우승하는 것이므로 당연히 종합 우승도 우리 몫이었다. 전략 줄다리기, 단체 장기자랑, 과제 이어 수행하기는 돌발 변수가 많아 어떤 결과가 나올지 전혀 예측하기 어려웠다. 물론 운이 좋으면 우리가 우승할지도 모른다. 아무튼 우리는 우승에 걸린 상금도 많고, 우승 가능성도 높았기에 체육 대회 준비를 철저히 했다.

축구 1차전은 3반과 벌였다. 전반 10분, 후반 10분 경기를 했는데 우리가 4:1로 가볍게 눌렀다. 예상대로 박준형이 자유자재로 3반 수비를 공략했고, 전반에만 3골을 넣어서 손쉽게 이겼다. 우리 반에 유일하게 맞서는 강적은 5반인데, 5반에는 박준형보다는 못하지만 축구를 꽤 잘하는 애들이 몇 명 된다. 걔들은 방과후에 맨날 축구를 하고 가는데, 꽤나 실력이 좋다. 물론 박준형보다는 실력이 떨어진다. 그래도 강한 상대기 때문에 전력을 알아보려고 1차 예선전을 승리한 뒤에 다 같이 5반과 1반이 벌이는 경기를 구경했다. 1반은 축구를 잘하는 애들이 거의 없다. 경기는 처음부터 끝까지 5반이 몰아붙이는 양상이었다. 그런데 골이 들어갈 듯하면서도 들어가지 않았다. 1반은 꽤나 수비가 끈끈했다.

"1반 애들 수비 연습만 엄청 했대."

"수비만? 그래서 어떻게 이겨? 골을 넣어야지."

"그게 20분 동안 버틴 뒤 승부차기까지 끌고 가겠다는 거지."

"20분 정도는 수비만 하면서 충분히 버틸 만하다는 뜻이네."

결승은 전후반 15분씩 30분 경기를 하지만 예선전은 수업 시간을 고려해 더 짧게 정한 것이다.

"승부차기까지 가면 무조건 이긴대?"

"그래서 수비뿐 아니라 승부차기 연습도 엄청 했대."

"야, 누군지 모르지만 제대로 꼼수를 쓰네."

경기가 끝으로 갈수록 5반은 실수를 자주 범했다. 당연히 이길 경기를 이기지 못하니 초조해진 듯했다. 20분은 생각보다 빨리 갔고, 승부는 갈리지 않았다. 우리는 강적인 5반이 승부차기에서 떨어지길 바라면서 1반을 응원했는데 우리 응원을 받아서인지 1반이 4:3으로 승부차기에서 승리했다. 승부차기를 연습했다고 하더니 1반 선수들은 모두 승부차기를 아주 잘했다. 문지기도 꽤나 잘해서 승부차기를 노리는 이유를 알 만했다.

우리는 2차전을 10반과 붙었고, 이번에는 1점도 빼앗기지 않고 3:0으로 완파했다. 박준형뿐 아니라 다른 애들도 골고루 활약해서 가볍게 승리를 거머쥐었다. 그날 1반도 2차전을 했는데 또다시 1반은 수비만 했다. 1반 상대는 9반이었는데 9반은 공격력이 그리 강하지도 않았다. 1반이 공격으로 나갔다면 실력이 비슷해서 충분히 골을 넣을 만했는데도, 1반은 아예 공격할 뜻을 보이지 않았다. 5반도 뚫지 못한 1반 수비벽은 공격력이 약한 9반에게 슛다운 슛조차 허용하지 않았다. 또다시 승부차기로 갔고, 이번에도 1반은 승부차기에서 3:1로 승리했다.

"야, 넌 1반이 쓰는 전략 어떻게 생각해?"

우현이가 경기를 보고 난 뒤에 내게 물었다.

"꼼수긴 하지만 부정행위는 아니잖아?"

"쩝! 부정행위는 아니지만 편법이지."

"편법……? 왜?"

"경기 시간이 짧은 걸 이용해서 그냥 버티는 거잖아. 솔직히 경기 시간이 조금만 길었으면 1차전에 5반한테 떨어졌을 거야. 축구에서 20분은 금방 지나가. 1반 애들이 교묘하게 시간도 많이 끌어서 안 그래도 짧은 시간이 더 모자랐고."

"실력이 딸리는 1반으로서는 당연하지 않냐?"

"그래서 편법이라고 하잖아. 편법은 불법은 아니지만 불공정한 행위야."

불공정이라는 말에 나도 모르게 김기주와 원동찬이 떠올랐다.

"네 말대로라면 1반이 아니라 경기 시간을 20분으로 한 쌤들이 문제네."

"수업 시간 때문에 경기 시간을 20분으로 했으니, 꼭 쌤들 탓도 아니지."

"그럼 뭐야? 1반 애들이 수비만 하지 말고 맞붙었어야 한다는 얘기야?"

"그건 아니지만, 최소한 대놓고 10명이 골대 앞만 지키는 식으로 하면 안 됐어."

나는 우현이 말이 어느 정도 타당하다고 느끼면서도 완전히 동의하지는 못했다. 솔직히 말하면 무엇이 맞는지 판단하기 어려웠다. 아무튼 우리 반은 4강에 올라갔으니 떨어진 반 이야기로 고민하기는 싫었다.

4강에 올라온 반 가운데 제비뽑기를 해서 대진표가 결정되었는데, 우리 반 상대가 1반이었다. 경기를 앞두고 조금 불안했다. 나는 선수로 뛰지 않지만 손에 땀을 쥐며 경기를 관람하고, 응원을 했다. 1반은 수비수 2명을 박준형에게 붙였다. 2명을 젖혀도 바로 다른 한 명이 달라붙었다. 철저하게 박준형만 따라다니며 괴롭혔다. 아무리 박준형이지만 골문 앞에 10명이 몰려 있고, 2명이 모기처럼 달라붙으니 제대로 실력을 발휘하지 못했다. 전반은 무득점으로 끝났다. 후반도 전반과 같았다. 그렇지만 시간이 갈수록 점점 틈이 보였다. 박준형은 1반이 펼치는 수비 방식에 적응해서 기회를 많이 만들었다. 후반이 거의 끝날 때쯤에는 문지기와 일대 일 기회를 잡았지만, 1반 문지기가 멋지게 막아 내는 바람에 아슬아슬하게 골을 넣지 못했다. 시간이 조금만 더 있으면 충분히 골을 넣을 만했다. 계속 수비만 하다 보니 1반 선수들이 점점 지쳤고, 수비 실수도 자주 나왔기 때문이다. 그러나 후반 경기 시간은 겨우 10분밖에 안 됐다. 아쉽게도 경기는 1반 의도대로 0:0으로 끝나고 말았다.

곧바로 승부차기가 이어졌다. 1반은 정말 승부차기를 잘했다. 우리 반도 혹시 몰라 승부차기를 연습했지만 그렇게 많이 하지 않았기에 조금 불안했다. 한 명씩 실수하고 3:3까지 왔다. 마지막은 안재성이었다. 안재성이 멋지게 찼지만 1반 문지기가 몸을 날려서 막았다. 마치 국가대표 문지기를 보는 듯했다. 우리 반에서 안타까운 탄성이 터졌다. 안재성 실수가 아니라 문지기 선방이었기에 안재성을 원망할 수도 없었다. 1반 마지막 선수가 나왔고, 휴~ 안타깝게도 골이 들어가고 말았다. 준결승 패배! 믿기 어려운 결과였다. 선수들은 씩씩거리며 응원석으로 올라왔고, 응원하던 여자들 가운데 억울해서 우는 애도 있었다.

"뭐야? 씨~. 계속 수비만 하는 법이 어딨어."

"20분밖에 안 되는데 수비만 하면 어쩌라고."

"야, 짜증나. 내가 앞으로 1반 애들을 상대하면 성을 간다."

지고 나니 확실히 짜증나기는 했다. 그렇지만 1반이 쓰는 전술이 좋아 보이지는 않았어도, 부당하다는 판단을 명확하게 내리지는 못했다. 아무튼 그 뒤로 한동안 1반은 우리 반을 비롯해 5반, 9반에게 공공연한 적 취급을 당했다. 1반에는 친구가 있어도 학교 안에서는 모른 척해야만 했다.

　결국에 정의가 승리한다는 격언 덕분인지 몰라도, 1반은 결승에서도 같은 전술을 들고 나왔다. 그러나 수비만 하고 버티기에는 경기 시간이 긴 탓에 실수가 자꾸 나왔고, 결국 종료 2분을 남기고 골을 먹었다. 우승은 7반이었는데 우리와 맞붙었다면 우리가 쉽게 이길 상대였다. 1반에게 진 경기가 못내 아쉬웠다.

　남자 축구는 준결승에서 떨어졌지만 여자 피구는 결승에 올랐고, 예상대로 우승을 차지했다. 여남혼합 이어달리기도 당연히 우승이었다. 준형이가 줄다리기를 하다가 발목을 삐끗해서 달리기에 나서지 못했는데 다행히 여자들이 아주 잘 뛰어서 우리가 우승을 했다. 아쉽게도 다른 종목에서 죽을 쑤는 바람에 종합 우승은 못 했다.

　체육 대회를 하고 나자 기분이 무척 좋았다. 두 종목에서 우승을 차지해서라기보다는 체육 수행평가를 하면서 쌓였던 서운한 감정이 체육 대회를 하면서 깨끗이 사라졌기 때문이었다. 좋은 평가 점수를 얻으려고 서로 경쟁하는 상황에서는 불공평이 어떠니, 불공정이 저러니 하는 생각이 들었지만 같이 뭉쳐서 경기를 하니 그런 생각이 아예 들지 않았다.

담임 선생님은 약속한 대로 돈을 주었다. 우리는 우승 상금과 담임 선생님이 준 돈으로 반 단합 대회를 열었다. 먼저 교실에서 마피아 게임을 하고, 치킨과 피자를 시켜 먹었다. 먹고 난 뒤에는 불 끄고 술래잡기를 했는데 배꼽이 빠지도록 웃었다.(딱 두 명, 임현석과 강정아는 잘 어울리지 못했다. 둘 다 왜 그러는지 모르겠다.) 배불리 먹고 놀이를 즐긴 다음에는 소화를 시켜야 한다면서 방방장으로 몰려갔다. 방방장에 단체로 들어가서 땀을 뻘뻘 흘리며 뛰어놀았다. 방방장이 망가지지 않을까 걱정될 만큼 난리를 피웠다. 그다음에는 노래방에 가서 목이 터져라 노래를 불렀다. 하도 소리를 질러 대서 노래방에서 나올 때는 목소리가 제대로 안 나올 지경이었다. 마지막 남은 애들끼리 놀이터에 몰려가서 술래잡기를 하며 유치원생처럼 뛰어놀았다. 어린 시절로 돌아간 듯해서 유쾌했고, 모두 하나인 듯한 일체감을 맛봤다. 11시가 다 돼서 집에 들어갔는데, 늦게 왔다고 엄마에게 혼났지만 참 행복했다.

월요일이 되면 또다시 체육 수업이다. 아마도 체육 선생님은 또다시 '실전보다 좋은 연습은 없다'면서 거듭 시험을 볼 것이다. 그때는 체육 대회나 단합 대회 때 느꼈던 일체감은 사라지고, 또다시 공평이니 공정이니 하는 불만들이 내 머릿속을 차지할 것이다. 그러면 기분도 나빠지고 머리가 아파질 것이다. 체육 선생님에게 시험 안 봐도 되냐고 말해 볼까? 그냥 체육을 즐기면 안 되냐고 말해 볼까? 물론 들어줄 리는 없겠지만 말이다.

아무튼, 시험과 경쟁이 없다면 맛있는 급식을 주는 학교에 아무런 불만이 없을 텐데…….

자신을 의심해 보라

카스텔리오